破する力

猪瀬直樹

青春新書
INTELLIGENCE

プロローグ

若い人から、将来に明るい展望を描けないという声を聞くことがある。

その気持ちがわからなくもない。将来の展望が見えていなかったのは、20代の頃の僕も同じだったからだ。

１９７０年代、日本は右肩上がりの成長を続けていた。企業戦士になった同窓の友人たちは、自分たちが歩くレールの先に幸せがあることを素直に信じていた。一方、就職をせずにフリーターをしていた僕は、糊口《ここう》をしのぐだけで精いっぱいで、夢を見る余裕もなかった。周りが順風満帆だっただけに、人生に対する閉塞感や焦燥感は人一倍強かったと思う。

やがて作家になることを志して、雑誌の記事を書くようになった。少しずつ仕事が増え、31歳のときJR中央線中野駅北口にワンルームの仕事場を借りた。ようやく物書きで食えるようになったが、フリーランスは走ることをやめた時点で収入がなくなってしまう。これといった作品を書かないまま、目の前の仕事に押し流される日々が続いた。

当時、駆け出しのライターたちは、よく新宿のゴールデン街で飲んでいた。編集者に誘われて、僕もときどき顔を出した。そこでは作家のタマゴたちがムキ出しの夢を語り、お互いを刺激し合っていた。

しかし、場がどれほど盛り上がっても、夜10時には店を出た。ふたたび仕事場に戻り、自分と向き合うためだ。

みんなで群れて夢を語れば、そこになんとなく希望が存在しているように見える。しかし、それは幻にすぎず、一夜明ければ酔いとともに消えていく。希望は、バーカウンターなどにありはしない。ある種の孤独を抱え、徹底的に仕事と対峙した先に、ようやく見えてくるものなのだ。

1960年代に活躍したザ・ピーナッツの『ウナ・セラ・ディ東京』という歌に、「街はいつでも後姿の幸せばかり」という歌詞がある。僕は二次会の誘いを振り切って仕事場に戻る道すがら、このフレーズをよく口ずさんでいた。

この歌は失恋をテーマにしている。しかし、僕はこの歌詞を「みんな希望にあふれているように見えるが、本当は孤独を抱える覚悟ができた人にしか、未来を切り拓くことはできない」と勝手に解釈して、自分の応援歌にしていた。

孤独を友として仕事と向き合った時間は、けっして自分を裏切らない。ギリギリまで自分を追い込めば仕事力が磨かれて、それが閉塞状況を打ち破る武器になる。

僕は36歳のときに初の単行本を書きおろし、40歳で大宅壮一ノンフィクション賞を受賞した。ネオン街の誘惑を振り切り、毎夜仕事と格闘した時間の積み重ねが、そこでようやく結実したわけだ。

しかし、そこですべてが報われて将来の不安から解き放たれるかというと、それほど甘くはない。

お酒の席を適当なところで切り上げる習慣は、いまも変わっていない。会食があっても一次会で帰り、夜は西麻布の仕事場で一人、原稿に立ち向かう。何のことはない、60歳を超えたいまも未来は不透明であり、真っ暗なところに希望の灯をともすために仕事と向き合い続けているのだ。

本気で仕事をしよう。

孤独を自分の友にしよう。

出来合いの希望を蹴り飛ばして、自分の手で希望をつくろう。

未来は、その先につながっている。

突破する力　目次

III 自分の最大の武器は、弱点の中にある

――「自分らしさ」を磨き込む章

Ⅲ 成果につながる努力、無駄に終わる努力

――人生を面白くする「本気の仕事力」の章

Ⅳ　10人の知人より、1人の信頼できる味方
――「本物の人間関係」を築く章

V　いくら稼いだかなんて、二流の発想

――「人生」と「仕事」の究極の目的の章

編集協力／村上　敬
本文ＤＴＰ／エヌケイクルー

本書は、『ＢＩＧ　ｔｏｍｏｒｒｏｗ』連載の「サル知恵　ワル知恵　ヒトの知恵」２００６年３月〜２０１０年７月号掲載分の中から厳選し、加筆・修正のうえ、構成したものです。数値、肩書等、特に但し書きのないものについては、連載当時のものです。

I

壁を打ち破るには〝頭〟を使え

——不安な時代を「図太く生きる」章

1 スペシャリストでもゼネラリストでもない生き方

30代前半でフリーライターとしてようやくメシが食えるようになった頃、四谷駅で40代の先輩ライターとばったり顔を合わせたことがありました。その人とは出版社の編集部でたまにすれ違う程度で、深い話をしたことは一度もなかったけど、その日は、たまたまお互い時間があり、成り行きで軽く飲みに行くことになりました。

彼は、いわゆる便利屋ライターでした。器用な人だったんです。どんな仕事もそつなくこなしたし、小さな雑誌で雇われ編集長として活躍していた時期もあった。

その人が、まだキャリアの浅い当時の僕に向かって、しみじみとこう言ったんです。

「俺の人生は失敗した。いろいろとやりたいことがあったのに、頼まれるままに仕事を引き受けているうちにただの便利屋になって、いつのまにか自分を見失ってしまった。猪瀬君は、俺のようになっちゃいけないよ」と。

出版界には、こういうタイプの人が多かった。興味のない仕事でも頼まれたらイヤと言えず、引き受けては日々を忙殺される。ある程度の年齢になってふと自分を振り返ると、胸を張れるような仕事は何も残していなくて、いつのまにか便利屋としてのポジションも若い人に奪われていく……。

サラリーマンも同じです。いろんな部署を経験すると、守備範囲が広がって器用になるかもしれない。でも、器用なだけではいったい何ができる人材なのか、強みがわかりません。

昔は、40代、50代になれば給料が上がる時代でした。しかし、いまは成果主義が主流で、誰でもできるような仕事しかできないなら、会社は給料が安い若い人を選びます。自分の武器を持っていないゼネラリストは、いつクビを切られてもおかしくない。

専門外の仕事こそ、貴重な糧になる

では、スペシャリストとして、ひたすら専門分野だけに邁進すればいいのかというと、それもまた違います。自分の専門分野に閉じこもってしまうと、視野が狭くなって柔軟性がなくなってしまうんです。

僕が駆け出しのライターだった頃、『月刊現代』（講談社）の編集者から、自民党の幹事長について書いてみないかと持ちかけられたことがありました。正直なところ、あまり興味を持てなかった。そもそも記者クラブにも入ってないし、政治の世界の取材の進め方もわからなかった。

でも、僕は断りませんでした。興味はなかったけど、社会勉強になるかな、という軽い気持ちで引き受けたんです。

どこから取材を始めていいのかわからなかったので、ひとまず議員会館に行ってみました。そこでさっそく行き詰まった。議員に話を聞こうにも、実績のないフリーランスのライターなんて誰も相手にしてくれません。

そんな中で僕にいろいろな話を聞かせてくれたのが、現・民主党の渡部恒三さんでした。当時は自民党の若手で、たまたまドアが開いていたところに滑り込んだら、そこが渡部さんの部屋だった。

僕が素人のような質問をしても、イヤな顔ひとつしないで親切に政治の世界のイロハを教えてくれました。

それから渡部さんの部屋を足掛かりにして、いろいろな人に話を聞くことができるようになった。最初はどうなるかと思った仕事も、なんとか仕上げることができました。

じつはこのとき得た経験や知識が、のちに僕が『日本国の研究』（文春文庫）を書くときのベースになったんです。２００２年から道路公団問題に取り組んだときも、そのときの経験が活かせた。政治と役所の構造的な癒着があることを知っていたからこそ、そこにメスを入れる必要性を感じたんです。

もしあのとき「興味がないから」「便利屋はイヤだから」と仕事を断っていたら、いまの自分はなかったかもしれない。自分の興味とは別の仕事も、視野を広げるという意味では、むしろ積極的にやるべきです。

やってみて自分に合わないと感じたら、次はやらなければいいだけの話。何もやらないうちから、自分の可能性を狭くすることはありません。

スペシャリスト志向の人が陥りがちな落とし穴とは

ここ数年は、どちらかというとスペシャリストにスポットライトが当たる傾向があります。ゼネラリストを養成する従来の日本型組織では、世界に通用しないということがわかってきたんでしょう。企業もスペシャリストを優遇するし、若い人も早い段階から自分の専門分野を決めて会社を選んだり、資格を取る人が増えてきました。

ただ、その一方で、自分の専門分野しか知らないスペシャリストは、組織の中でキャリアを積み重ねていくうえで限界があることも見えてきた。

自分の仕事内容に関しては詳しいが、「リーダーシップを発揮できない」「経営については無知」というのでは、部署を束ねていくことはできません。

30代半ばを過ぎると、自分の仕事以外に、部下の指導や部署をマネジメントする力が求められます。専門的な知識やノウハウに加えて、専門外の幅広い経験をどれだけ積んできたかが、上にのし上がっていけるかどうかの分かれ道になる。だから、一見、無駄に見える経験をしたり、興味のない仕事を引き受けたりして、守備範囲を広げておくことも大事ではあるんです。

要は、片方で自分の武器を磨きながら、もう片方でさまざまなことにチャレンジして、自分の幅を広げていくこと。このバランス感覚がないと、これからのビジネスマンとしては通用しないんじゃないかな。

2　〝和を貴《とうと》ぶ〟先に待っているもの

ちょっと前になりますが、村上ファンドやホリエモンのニュースを見ていて、違和感を感じることが一つありました。彼らはルール違反をしたわけだから、非難されてしかるべきだし、罪を償わなくてはいけません。

ただ、いつのまにか問題が、お金を儲けた人への感情的なバッシングにすり替わっていたような気がするんです。

こんな話があります。台湾からウナギの稚魚を船で輸入するとき、ただ水槽に入れておくだけだと、大半の稚魚はくたびれて死んでしまう。ところが、水槽にピラニアを1匹入れておくと、ウナギは食べられまいと緊張してアドレナリンを分泌する。もちろん何匹かはピラニアに食べられるかもしれません。しかし、ピラニアを入れることによって危機感が生まれて、結果的には多くのウナギが無事に生き延びるというんです。

村上ファンドの村上世彰《よしあき》前代表は、まさに日本社会におけるピラニア的な存在だったんじゃないかと……。彼が株主価値の向上を訴えて株を買い集めるまで、日本の上場企業は誰かに乗っ取られるなんて考えてもいませんでした。新日本製鐵が欧州大手メーカーによる敵対的買収に備えて防衛策を導入しましたが、それも村上ファンドが日本の株式市場の盲点を明らかにしたからです。

ピラニアがいたからこそ、初めて外国資本に乗っ取られるかもしれないという危機感を持つことができたと思うんです。

村上ファンドがピラニア役になって日本企業に活を入れたのは事実です。ただし、そのやり方を間違えてしまった。本来、問題にすべきは、その手法の部分です。それなのに、なぜか「お金を儲けようとしたからいけないのだ」という論調で、ピラニア役を果たしたことまで叩いている。

逮捕直前の記者会見で、村上前代表に「法を破らなければ金儲けをしてもよいという考えは変わらないか」と尋ねた記者がいました。

よく考えると、これはおかしな質問です。資本主義の社会は利益を追求することで成り立っていて、たくさん儲けた人がたくさん税金を払って、社会に還元する仕組みになっている。お金を稼ぐことで社会の役に立っているのに、まるでお金儲けが悪いことのように言うんですから……。

競争のない社会は、本当に幸せか

いま、なぜお金儲けは悪だというムードが社会に蔓延しているのか。それは、小泉内閣の構造改革路線を批判するキャンペーンをメディアが展開したからかもしれません。優勝劣敗で、努力していないビジネスマンはすぐに負け組に転落してしまう。そんな流れに嫌気がさして、「もうこれ以上、頑張りたくない」「俺たちはくたびれたウナギのままでいいよ」という人たちが出てきたんです。

優勝劣敗の世界についていけない人にとっては、結果に差が表れる競争社会よりも、旧来の結果平等の横並び社会のほうが居心地がいい。だから、誰かがみんなと違うことをしてお金を儲けようとすると、足を引っ張ろうとする。そうした嫉妬心が、村上ファンドやホリエモンへのバッシングにつながっているんです。

じゃあ、ピラニアを排除して、努力しても努力しなくても結果が同じの横並び社会に戻したらどうなると思いますか？

ある小学校の運動会では、みんなが同時にゴールできるように、遅い人用に距離が短いコースを用意しているそうです。そんな運動会、意味がないでしょう。足の速い人はやる気をなくすし、遅い人も速くなるための努力をしなくなる。いいことは何もないんです。

話をビジネスに戻せば、横並びを強制する社会では、誰も新しいことに挑戦しなくなり、進歩が止まるということです。みんなが歩みを止めたとき、そこに待ち構えているのは中国です。中国人の給与は日本人の10分の1ですから、同じ製品なら人件費が安いぶん、圧倒的に向こうが有利。グローバルな市場では、とうてい中国にかないません。ボヤボヤしていると、ピラニアどころの話ではなく、中国という巨大なサメにまるごと飲み込まれてしまう。極端なことを言えば、日本の経済は崩壊する。

あえて出る杭となって打たれてみる経験を

いまさら日本を横並び社会に戻すことは不可能です。国際競争に勝つには、旧来のしきたりや常識に風穴を開けて新しいことに挑戦していく人を守り立て、日本に活力を与えていかなきゃいけない。頑張った人の足を引っ張っている場合じゃないんです。

さらに言えば、これからのビジネスマンは自分がピラニアの役目を担うというくらいの気持ちがないとダメです。たとえ周りから異端児扱いされても、新しい価値をつくり出すために絶えずチャレンジを続けていくこと。その結果、杭が出すぎて打たれるときもあるでしょう。しかし、それでも前に進んでいく強い精神力がなければ、厳しいビジネス社会で勝ち抜いていくのは困難です。

上司や周りに歩調を合わせ、競うことから逃げていては、ピラニアに食べられてしまうんです。生き抜こうと思ったら、多少のバッシングなんか恐れてはダメです。ピラニアの役割を果たすため、自ら前に出て道を切り拓いていくのか。あるいは、ピラニアに追われ続けるウナギになるか。それを決めるのは、他ならぬキミ自身なんです。

3 スランプには〝しのぎ方〟がある

なぜか調子が上がらず、失敗続き。挽回しようと頑張れば頑張るほど裏目に出て、ドツボにハマっていく。そんな経験を誰もが一度はしたことがあるはずです。

もちろん僕も例外ではありません。不調になると、早く書き上げなければいけない原稿があっても、机に向かう気すら湧いてこないことがあります。なんとか机に向かっても、書ける理由を探せばいいのに、書けない理由ばかりが気になって、なかなか筆が進まない。いったんドツボにハマると、そこから抜け出すのもひと苦労です。

でも、不調の経験は、けっして無駄にはなりません。苦しい思いをしたからこそ、順調だったときには見えなかったものが見えてくることがあるからです。

思いがけない発見や気づきというのはたいてい、うまくいかずに試行錯誤し、煮詰まった最後の最後にふと浮かんできたりするものです。

不調を単なるスランプで終わらせるか、そこからステップアップの糧を得られるかどうか。この違いは大きいと思います。

中途半端な不調より、とことん落ちたほうがいい!?

そのいい例が『走れメロス』です。じつは太宰がこの作品を生み出せたのも、小説を書けずにもがき苦しんだ経験があるからです。

彼は悪い流れを断ち切るために、熱海の旅館で仕事をすることにしました。しかし一向に筆は進まず、酒で気晴らしをする毎日。心配して様子を見に来た友人の壇一雄をも飲みに連れ回し、あっという間に手持ちのお金を使い切ってしまいます。

太宰は壇をツケの人質として熱海に残し、お金を工面するために東京に戻りました。井伏鱒二に借金を頼みに行きましたが、うまく切り出せず、将棋を指しているうちに3日が経過。そこに壇と借金取りが乗り込んできて太宰を責め立てます。そのとき、

「待つ身がつらいかね、待たせる身がつらいかね」

そう開き直ったのです。

悪いのはわかっているが、自分ではどうしようもない。待たせるこっちもつらいんだ。

落ちるところまで落ちてしまった男としては、こう言い返すしかなかったのでしょう。ただ、このときに待たせる身の苦しさを心底味わったからこそ、太宰は『走れメロス』の中で、友を待たせるメロスの心の揺れをリアルに描くことができたのです。中途半端な不調ぐらいでは、あの小説は生まれなかったでしょう。

前に進むための〝ビバーク〟のすすめ

どんなに苦しい経験も、そこに次につながるヒントが隠されていると考えれば、自分を成長させる材料として前向きに受け止めることができます。たとえば絶不調で営業成績が落ち込んだとしても、その経験から、自分が上司になったときに成績の悪い営業マンをマネジメントするためのヒントを学べるかもしれない。こうした発想ができる人が、逆境をバネにして伸びていくのです。

そもそも不調には二つの種類があります。それを見極めて対処をすることが、そこから早く抜け出すコツです。

一つは自分に原因がある不調です。この場合は、とにかく試行錯誤するしかない。福岡ソフトバンクホークス元監督の王貞治は、現役時代、打撃不振に陥ると、部屋の畳がすり切れるほど素振りを繰り返しました。世界の王と呼ばれた選手でさえ必死にやるんだから、普通の人なら、その何倍も必死にならなくちゃいけないのは当然です。

一方、よく分析してみると、外部環境の変化が不調の原因になっていることもあります。とくに営業マンなどでは、取り扱う商品やサービスが変わったり、取引先が変わったせいで調子が狂って、いつのまにかドツボにハマっているというケースも多いはずです。なかなか結果が出せないでいると、自分に原因があると思い詰めてしまう人がいますが、それは思い違いです。

ビジネスは自分一人でできるものではないのだから、むしろ不調の原因は外部にある場合がほとんど。それなのに冷静に原因を分析できず、自分を責めてしまうから、モチベーションが下がったり空回りして、余計に事態を悪化させることになるんです。

外部環境の変化に原因がある場合は、焦ってはダメ。冬山登山では、天候が急変した場合、ヘタに動き回って遭難しないように、ビバークして吹雪をやりすごします。それと同じように、じっと我慢して晴れ間が広がるのを待てばいい。

やまない雨がないように、風向きもいつかは必ず変わります。大切なのは、逆風がやんだときに、ふたたび前に向かって歩くための準備ができているかどうかです。

調子が悪いからといって、「自分はダメな人間だ」と気を落としていては、流れが変わった瞬間を見逃してしまいます。

考えすぎてクヨクヨ悩むくらいなら、太宰のように「俺だってつらいんだ」と開き直って、その経験を次に活かすことを考えたほうがよほどいい。そのほうが心も軽くなるし、風向きが変わったときにも、パッと次の流れに乗れるんじゃないかな……。

4　仕事ですり減らない自分になるには

いくら頑張って働いても将来の展望が見えず、毎日、同じ仕事の繰り返し。回し車の中をグルグルと走り続けるラットと自分を重ね合わせて、仕事や人生に虚しさを感じている人は多いかもしれません。

僕も若い頃は、将来の展望なんて何も見えていなかった。1年先のことより、今月の家賃をどうやって払うのか、冷蔵庫はカラッポで、明日までどうやって食いつなぐのか。そんな不安と戦いながら、ひたすら目の前の仕事に取り組んでいました。

でも、同じところをグルグル回っている虚しさは感じなかった。というのも、1年目より2年目、2年目より3年目のほうが、少しでも成長していると思えたからです。

前週の原稿と翌週の原稿では、テーマに大きな違いはないかもしれない。でも、よく読んでみると、前週より踏み込んで書けているし、納得のいく表現もできている。ほんのわずかな差ですが、仕事を重ねるたびに着実に前に進んでいる手ごたえがありました。

頑張っている人ほど、心がすり減っていく？

日々の仕事で自分がすり減っていくように感じる人は、自分の成長に気づいていないだけじゃないか。一日単位ではわかりづらいかもしれませんが、いまの仕事を始めたときの自分を振り返れば、昔と比べものにならないくらい進化しているはずです。変わりばえのしない毎日は、自分をすり減らすものというのは間違い。日常を積み重ねることで、むしろ人は成長していくんです。

では、どうして成長を実感できないのか。それは周りから評価を受けていないからでしょう。自分では昨年よりいい仕事ができたと思っても、上司や会社がそれを評価してくれない。そこで自信を失い、心が折れてしまう。

しかし、それを周りのせいにしているうちは何も変わりません。むしろ、いい仕事をすれば世間が勝手に評価してくれるという考えが甘い。

小学生の頃は、テストで高い点数を取り、笑顔で受け答えができれば優等生として評価されました。ただ、それは定型的な評価で、型にハマってさえいればよかった。ところが社会に出ると、型通りの仕事だけでは評価されないし、型と違う部分はこちらから働きかけないと認めてもらえない。待っているだけでは、誰も評価してくれないのです。

僕は小学生の頃から型にハマるのが苦手でした。だから、他人にわかってもらえないのは当然で、それをどうやってわからせるのかということをいつも考えていた。

ビジネスマンも同じ発想が必要です。前回より面白い企画を思いついたら、積極的に上司に提案する。前回と違うアプローチで商談に臨んで成功したら、ノウハウ化して部下に教えてあげる。

このように日々の仕事を通して成長した自分をアピールすれば、やがて認められ、それが自信や充実感につながっていくはずです。

自分を測るもう一つのモノサシを持とう

精神的に行き詰まっている人にもう一つ提案したいのは、いまの仕事とは別の世界を持つこと。趣味のサークルでも、副業やアルバイトでもいい。とにかく仕事と関係のない世界を持てば、気分転換になるだけでなく、自分を多面的に見つめられるようになります。

僕は週末にはなるべく仕事と別の時間を持つようにしています。土曜は地元のテニスサークルの仲間と汗を流し、日曜には一時、空手の道場に通っていました。

空手の道場では僕が下っぱで、自分より年下の先輩たちに「オス！」と挨拶します。どんなに社会的地位や年収が高くても、空手には関係ない。白帯と黒帯は違う。道場にはいつもとは別の秩序とモノサシがあり、それが心の健康にとてもよかった。

一つの世界しか持っていないと、そこで行き詰まったときに自分を全否定することになりかねません。しかし自分の中にいろんなモノサシを持っていると、「今日はあれで失敗したけど、こっちでは成功した」と余裕が持てます。ただ、趣味といっても、僕はゴルフはかつて凝った時期もありましたが、いまは積極的にはやりません。結局は仕事の延長。しかも長時間。つき合いで行くこともありますが、かえって精神的に疲れるだけだからです。ちなみにゴルフ中に突然死する確率は、テニスの7倍という統計もあります。

日々の仕事に忙殺されて、別の世界を持つヒマなんてない？　それは段取りが悪いからです。優先順位も考えず、目の前の仕事から片づけようとするから仕事の洪水に飲み込まれてしまう。仕事の重要度と緊急度を考えて計画を立てれば、時間を確保するのはそれほど難しいことじゃない。

段取りは、自分を見つめ直す時間を作るという意味でも非常に大切です。段取りがうまくいけば、毎日の仕事の中でも、ちょっとした心の余裕ができる。そこで自分の仕事を振り返れば、昨日より今日の自分が成長していることも実感できます。

そもそもヒマを持て余しているビジネスマンなんて一人もいません。しかし、デキる人はその中でもやりくりして、自分をケアする時間を確保しています。

忙しいと嘆いているだけでは、心はすり減っていくばかりです。うまく段取りを組んで、少しでいいから立ち止まる時間を作る。それがへこたれない心を作る秘訣じゃないかな。

5 どん詰まりを抜け出す、頭の持久力

記憶に新しい秋葉原の無差別殺傷事件。事件の要因は複合的だと思いますが、根底には日本社会の硬直性があるような気がします。

被告は親の敷いたレールに沿って地元の進学校に進み、そこで初めて挫折を経験したといいます。残念なことに、被告は自分で自分に負け組の烙印《らくいん》を押して、世の中への不満を募らせていった。本当はいくつもの人生の選択があったにもかかわらず……。

人生の選択肢は無限にあります。たとえ一つが行き止まりだったとしても、他の道が閉ざされるわけではありません。ところが、日本の社会は一本道を歩くことしか認めず、新しい道を拓きにくい。その硬直性がこの事件を招いた一因ではないかと思うのです。

日本が単線の社会なら、アメリカは複線の社会です。みなさんはジェラルド・カーティスを知っているでしょうか。１９７０年代初めに日本の選挙運動に密着した名著『代議士

の誕生』（山岡清二訳・サイマル出版会）で一躍有名になった政治学者ですが、彼はブルックリンの出身で、もともとはジャズピアニストを志す青年でした。

彼はプロを目指してニューヨーク州立大学音楽学部に進学しました。しかしニューヨーク州といっても田舎、キャンパス近辺にナイトクラブがなく、アルバイトをして食べていくことができません。そこで職を求めて、アルバカーキのニューメキシコ州立大学へ転校。ナイトクラブの仕事が見つかったからです。

ところが偶然、政治学の授業を取ったことで別の人生のレールが拓けます。政治学に興味を持った彼はニューヨーク市内のコロンビア大学大学院へと進学し、そこで日本語の授業を受けたことをきっかけに来日。前述の『代議士の誕生』を発表して、政治学者として花開いたのです。

二転三転の人生ですが、アメリカではこうした生き方は特別なことではありません。彼は政治学者としての自分を〝レイトブルーマー（遅咲きの花）〟と称していますが、アメリカの社会にはそれを認めてくれる寛容さと柔軟さがあります。

別の言い方をするなら、日本の社会は一度負けたら終わりのトーナメント戦。一方、アメリカはリーグ戦。途中で負けても続きがあって、挽回が可能です。

「できない」ではなく、「こうすればできる」に

日本社会の硬直性は、ビジネスマンの思考の固さにもつながっています。正しい選択はつねに一つで、それ以外はすべて不正解。そんな単純な思考が根づいているから、一度壁にぶち当たると、なかなか問題解決できません。

それを象徴する出来事がありました。現在、東京都では北海道夕張市に職員2人を派遣しています。彼らが現地で感じたことを都の職員に報告してもらうため、講演会を企画することにしました。

ところが講堂の空き状況を問い合わせると、担当者から「その日は空いていない」という返答が……。2人の日程は動かせないので八方塞がりです。

しかし、困り果ててもう一度話を聞いてみると、講堂の予約が埋まっているのは夕方5時までであることがわかりました。それ以降なら何の問題もなく講演会を開催できるし、なるべく多くの職員に話を聞いてもらうには、むしろ終業後のほうが好都合。さっそく夕方から講堂を使えるように手配しました。

では、担当者が「空いていない」と即答したのはなぜか？　悪気があったわけではない

でしょう。ただ、思考に柔軟性がなかった。担当者には9時～5時の感覚しかなかったのです。その時間帯が使えないとなったとたん、思考がストップして、他のアイデアが浮かばなくなっていたのです。

有能・無能を分ける決め手は頭の持久力

たったこれだけの話ですが、この傾向はビジネスマンにも見られます。何か問題が発生して、このままでは目標を達成できない状況になると、「問題があるから仕方がない」と言って開き直る。

上司に企画を却下されると、練り直して再提案するのではなく、企画そのものをあきらめてしまう。これではいつまでたっても前には進めません。頭が悪いから、いくら考えてもムリ？

それは間違いです。問題を解決する思考力は、頭の良し悪しではなく、頭の持久力で決まります。斬新な発想がなくてもいい。壁にぶち当たったら別の方法を考え、また行き詰まったら、さらに他の方法を試してみる。その繰り返しこそが、新しい道を拓きます。

成功する人は才能があるから成功するというより、成功するまでやり続けるから成功するんです。松下幸之助も本田宗一郎も、みんなそうです。

駆け出しのライターの頃、僕の仕事は取材を断られることから始まりました。正面からのアプローチで断られたからといって、あきらめませんでした。取材対象につながる道は、他にも必ずあることを知っていたからです。取材対象にコネを持つ人から当たってみようか、いや、もう一度強引にアプローチしてみようか。こういった試行錯誤を繰り返せば、いつかは必ず行き詰まりから抜け出せます。

みなさんの仕事も同じです。一本道の思考で行き詰まるのは当たり前です。むしろ勝負はそこから。絶体絶命だと思ったところからが、本当の仕事のスタートなのです。

6 負けが込んできたときの自分の支え方

最近の若い人を見ていると、打たれ弱いと感じることがよくあります。たとえば順調にやってきたエリート社員が、何かの失敗をきっかけに自信を失い、逃げるようにして会社を去る。あるいは就職活動でうまくいかないと、「どうせ俺は負け組だから」と開き直って一切の努力を放棄する。〝負け〟を死の宣告のように大げさに捉えて、人生を投げ出す人が多い気がします。

負けを重く受け止める人は、人生を甲子園のようなトーナメント戦だと考えているのではないでしょうか。甲子園では一度でも負けたら上に進むことは不可能。それと同じように、一回でも失敗したら、人生という舞台で勝ち上れないと思い込むのです。

負けが許されないという強迫観念は、新卒中心の採用システムにも原因があります。一流企業に入るためには、まずいい大学に入る必要があり、そのためには名門高校や中学、さらには幼稚園からお受験に勝ち続けなくてはいけない。このような環境で育てば、〝トーナメント思考〟を植えつけられるのも仕方がないかもしれません。

しかし、人生はトーナメント戦ではなく、僕はむしろ〝リーグ戦〟だと思っています。たとえるなら大相撲。相撲はたとえ初日に負けても、次の日にまた取組があります。そうやって勝ち負けを繰り返しながら15日間を戦い抜いていきます。その中で好調な力士が後半で崩れたり、スタートでつまずいた力士が逆転優勝することもある。これが相撲なのです。

どうしたら、どん底の状態から再起できるか

人生にも似たところがあります。どんなにひどい失敗をしたところで、明日が来なくなるわけではありません。今日の負けは、明日に取り戻すことも可能です。にもかかわらず、トーナメント思考で試合を放棄してしまったら、黒星を重ねていくだけ。大切なのは試合を続けることであり、1敗や2敗でうろたえてはいけないのです。

強いビジネスマンは、人生には負けがつきものであることをよく知っています。民間から住宅金融公庫総裁（現・住宅金融支援機構理事長）に抜擢された島田精一さんは、三井

物産の商社マンとしてメキシコ赴任中、仕事上のトラブルから無実の罪で投獄された経験があります。劣悪な環境の拘置所で、同期の昇進を聞かされて枕を濡らす日々。結局、裁判で疑いが晴れて帰国しますが、出世レースから大きく後退。

帰国後も苦難は続きます。周回遅れで部長になったものの、任されたのは、社内でお荷物扱いされていた情報産業部門。いまでこそＩＴは産業として成り立っていますが、当時は赤字続き。部長就任後もすぐには結果を出せず、役員たちから厳しく責められたといいます。

しかし、それでも島田さんは言い訳ひとつせず仕事をやり抜き、3年かけて黒字化させました。もし途中で試合を放棄していたら、その後、住宅金融公庫の改革という大仕事の舵取りを任されることもなかったはず。大切なのは、負けを受け止めたうえで前に進んでいく強いハートなのです。

気持ちが萎えてしまったときの自分の奮い起こし方

とはいえ、負けが込むと自信を喪失することもあるでしょう。そのときにどうやって自分を支えればいいのか。

まず意識したいのは、周りの評価を鵜呑みにしないことです。じつは人の評価ほどアテにならないものはありません。みなさんも、それまでチヤホヤされていた有名人が、突然はしごを外されてバッシングを受けるのをよく目にしているはずです。本人は同じことをしているだけなのに、風向きは180度変わります。人の評価とはその程度のもので、振り回されて自分を見失うことが一番よくない。自分を支えるのは結局、自分だけです。

ただし、「評価しないのは周りが悪い」と自己満足の世界に浸っていると、評価はますます下落していきます。ここで考えなくてはいけないのは、「評価してもらう」という受け身の姿勢から、「評価させる」戦略への転換です。

じつは僕も若い時期は黒星続きでした。30代でようやくものを書いてギリギリの生活はできるようになったものの、同年代の友人たちはマンションを買ったり、週末は楽しくスキーに出かけたり……。いいものを書いている自信はあるのに、「どうして評価されないのか」と悩む日々でした。

しかし、評価されるのを待っていても、周囲との差は開くばかりです。そこで発想を転換して、認められるためにはまず、賞を取ればいいんだと思い直しました。そして、賞に値する作品を書こうと努力した。それが、大宅壮一ノンフィクション賞を受賞した『ミカドの肖像』(小学館文庫) です。以降は仕事のオファーが殺到。それまでとクオリティが変わったわけではないのに、評価させる戦略を取ったことで、状況はガラリと一変したのです。

サラリーマンも同じです。一度や二度の負けを気にして、自分を全否定する必要はありません。人生は勝ったり負けたりですから、手痛い負けを喫することもあるでしょう。しかし、焦らなくてもいい。最後に笑うのは、1敗をきっかけに途中退場する人ではなく、粘り強く試合に参加し続けた人なのです。

Ⅱ 自分の最大の武器は、弱点の中にある

――「自分らしさ」を磨き込む章

1 自分の武器は〝弱点〟の中にある

人生がイヤになって、何もやる気が起きない。そんな経験をしたことはないだろうか？じつは20代の頃、僕は世の中に絶望して社会からドロップアウトしていた時期がありました。

いま流に言えばフリーターです。就職活動もせず、毎日フラフラしていた。友達に誘われて始めた人材派遣のマネごとも、オイルショックで1、2年でダメになった。その後、塾の講師でなんとか食いつないだけど、ちゃんと就職しようとは思わなかった。

学生運動で、組織というものに疲れてしまっていたんです。組織で活動していると、一生懸命やればやるほど誰かが足を引っ張る。出る杭は必ず打たれてしまうんです。

そんな苦い経験を何度も味わって、当時の僕はすっかり人間嫌い、組織嫌いになっていた。厭世《えんせい》的な気分にどっぷり浸かって、先行きを迷っていました。

仕事の厳しさを教えられた、ある名編集長との出会い

そこからどうやって立ち直ったか？　腹を決めたんです。30歳を目前にして、「組織に頼らないなら、独りで強く生きなきゃならない」という覚悟ができてきた。いつまでも世捨て人でいるわけにもいかない。そう思い始めたとき、たまたまある漫画雑誌のコラムで、フリーライターの同人誌が主催する勉強会があるのを見つけました。さっそく勉強会に参加して顔を売り、カゼで倒れたライターの代役で小さな仕事をもらいました。それがプロとして原稿を書き始めたきっかけです。

ただ、フリーの世界は想像以上に厳しかった。僕が30代になったばかりの頃、『月刊現代』に伊藤寿男さんという名編集長がいました。彼は、原稿の出来が悪いと、ライターの目の前で原稿を破って捨ててしまう。ライターがどんなに苦労して書こうがおかまいなし。伊藤さんは、いつも真剣勝負だった。

彼は1部でも部数を伸ばすために、シビアな目で原稿をチェックする。徹夜でフラフラになっても、ブドウ糖の注射を打ちながら仕事をする。まさに自分の身を削って毎号、毎号に懸けていたわけです。だから、こっちも食うために必死です。もし原稿が破られたら、

僕の人生もビリビリ、ポイッでおしまい。

実際、それで消えていったライターもたくさん見てきた。自分がそうならないように、1本1本、死に物狂いで書きました。自分でこの道を選んだのだから泣きごとなんて言っていられない。その覚悟ができていたからこそ、投げ出さずに踏ん張れたんです。

これからのサラリーマンが一番に身につけるべきこととは

自分はサラリーマンだから、独りで生きる覚悟なんて必要ないと思う人もいるかもしれない。でも、それは間違いです。組織に属したって、独りで生きる強さがないと結局は生き残れないんです。

組織のぬるま湯に浸かっていると、どうしても心のどこかに甘えが生じます。万一ミスを犯しても、自分は責任を取らなくていい。業務上のミスは会社の責任だし、何があっても組合が守ってくれるってね。

その結果が、以前起こったJR福知山線の脱線事故や、みずほ証券のジェイコム株誤発注（2005年12月8日、みずほ証券の社員が、東証マザーズ市場において、総合人材サービス会社ジェイコムの株式売買の際、「61万円1株売り」とすべき注文を、誤って「1円61万株売り」

とコンピュータ入力してしまった事件）です。

会社の体質やシステムに問題がありましたが、僕は当事者の社員にも油断があったと思う。自分は乗客の生命や投資家の資産に対して重い責任を負っているんだという意識があれば、おそらくあのような事故は起きなかったはずです。

では、ミスした社員を組織は守ってくれるのか。答えはノーです。いま企業は、終身雇用の正社員から年俸制の契約社員へと、次々に雇用形態を切り替えています。契約社員は実質的に個人事業主のようなもので、結果を出せなかったらお払い箱。もはや組織が社員を守ってくれる時代ではありません。

これからのビジネスマンは、組織に属していようといまいと、独りで生きる強さを身につけないといけません。

そのためには、「あいつにはかなわない」と言われるだけの突出した何かが必要です。どんな相手にも負けない武器がいる。

では、どうすれば自分の武器が身につけられるのか。それは、意外にも自分の弱点の中にヒントが隠されています。

僕は子供の頃から朝が苦手で寝起きが悪かった。学校にはしょっちゅう遅刻していたし、眠いから授業に集中できなくて成績もパッとしなかった。ところが夜になると目が冴えてきて、頭もスッキリしてくる。この昼夜逆転の体質は僕の最大の弱点でした。でも、それが作家にとっては好都合です。夜に執筆できるから。いまでは最大の強みだとも思っています。

バカバカしいと笑うかもしれませんが、案外こんなふうに単純なもの。自分の弱点が最大の武器になり得るんです。弱みやコンプレックスにこそ、自分を強くする芽が潜んでいる。そのことを改めて考えてみてください。

自分の強みがわかれば、何があっても独りで生きられる自信が湧いてくるはずです。

2 将来不安のために〝何に〟投資すべきか

若いのに、いまから老後に備えてしっかり貯蓄しているという人も多いんじゃないだろうか。でも、ちょっと待ってほしい。僕に言わせれば、30代で貯蓄なんか考えなくていい。若いうちは赤字でいいんですよ。

僕が30代のときは貯蓄するどころか、毎月赤字にあえいでました。少しでもお金に余裕ができると、すぐに仕事への投資に回してましたから。家計のバランスシートは、収入よりも支出のほうが断然多かった。

１９７０年代の後半に、僕は初めて取材用のテープレコーダーを買いました。それまでテープレコーダーといえば、大きくて不格好なものでした。ところが、ソニーが初めて小型のモデルを発売したんです。銀色の素敵なもので、これは取材に便利だと思って迷わず購入しました。

値段は、たしか約４万円。そのときの僕の月収はいくらだったと思いますか？フリーランスだから収入が一定ではなく、平均すれば10万円程度。つまり月収の半分を、一台の小さなテープレコーダーに注ぎ込んだんです。

じつはこんな投資は、ほんの序の口。『ミカドの肖像』でアメリカ・ミシガン州のミカド町まで取材に行ったときは、記録用に約30万円もするＶＨＳビデオカメラを買いました。中古車が30万円だった時代ですよ。しかも原稿は当時、世の中に出回り始めたばかりのワープロで書いてました。ワープロの値段はなんと１００万円。その頃には月収も30万円近くになっていましたが、大きな投資であることに違いはありません。

小さな子供２人を抱え、その保育園代が月に８万円もかかる我が家の家計は当然、火の車。当時、私大の学費が月に４～５万円だったのを考えると、30代の若い夫婦が子供２人を大学に通わせていたようなもの。それだけでも大変なのに、僕が自分の仕事にどんどん投資してしまうせいで、家にはほとんどお金が残りません。それどころか、年末になると、年越しのためにお金を借りようかと頭を悩ませるようなありさま。

でも、それでよかったんです。僕の買い物は単なる浪費じゃなく、仕事に対する投資でしたから。投資したら、きちんと結果を出して回収しなくてはいけないという気持ちが生まれるでしょう？　自ずと原稿にも迫力が出ます。安全圏にいてぼんやり仕事をしている人とは緊張感が違いました。その結果、『ミカドの肖像』で大宅賞をいただいて、仕事の質量が倍になったんです。投資したお金は回収しましたが、いつのまにかまた投資していました。

もし毎月、家計の帳尻を合わせようとして仕事への投資を控えていたら、おそらくいまでもたいした仕事を残せていなかったと思います。お金がないからアレもできない、コレもできないというのは間違い。それでは成長しません。たとえ単年度では赤字でも、10年、20年先を見据えて投資していかなくちゃダメなんです。

「いくら貯金があるか」を考えているうちは、将来不安は消えない

いまマンションは年収の5倍が相場だと言われています。年収500万円の世帯なら、借金は2500万円が目安。でも、マンションに投資する余裕があるなら、同じお金を自分に投資するほうをすすめます。自己投資して収入を増やすことができれば、2500万円のマンションも相対的に安く手に入る計算ですよ。極端な話、年収が5倍になれば年収1年分で同じマンションが買えるんです。

ところが、いまの年収でマンションを買ってしまうと、ローンに縛られて自己投資もなかなかできません。自分に投資しなければ収入を増やすことも難しいので、2500万円のマンションも、ずっと年収の5倍のままです。こんなに簡単な理屈なのに、目先のお金にとらわれる人は、まず収入を増やすという基本的なことを忘れて、いまの収支を基準に考えてしまう。単年度で「いくら貯蓄できた」とか、「いくらローンを組める」とか考えているうちは、いつまでたっても将来に対する不安は消えません。老後を豊かに暮らしたいなら、不動産に投資するのではなく、まず自分に投資して収入を増やすことを考えるべきです。

おカネがないなら、コレに投資するという発想が大切

自己投資したくてもお金がない？　だったら、時間コストを払えばいいんです。投資は何もお金だけに限りません。時間という資源は見逃しがちですが、自分の時間を使って頭に汗をかくことも立派な投資なんですよ。土日にのんびり寝てるヒマがあるなら、本の一冊でも読まなくちゃ。もし時給1000円の人が本一冊読むのに3時間かかったとしたら、3000円プラス本代の自己投資をしていることになります。その投資を惜しんで、「いいアイデアが思い浮かばない」と嘆いていても、どこからも救いは来ませんよ。

会社帰りに居酒屋で上司の愚痴をこぼす時間があったら、スキルアップのために語学学校にでも通う。本屋に寄って気になる本を買ってくる。そうやって、人が遊んでいる時間を投資にあてていれば、いずれは何倍にもなって返ってくるんです。

お金や時間を自分に投資しても、すぐにはその効果が表れないかもしれないし、無駄が多いように思えるかもしれない。でも、投資を続けている人とそうでない人では、10年後、20年後の仕事の質、収入に大きな差が出てくる。これは間違いありません。

逆に言えば、いま他の人と貯蓄に差があったって気にする必要はないんです。そんな小さな差は、人生という長いスパンの中で見れば微々たるもの。大切なのは、目先の収支にとらわれずに、いかに自分の可能性に投資できるかということですよ。

3 自分に不利な〝空気〟を変える方法

たとえばキミが、成功させる自信のある企画をプレゼンしたとしよう。ところが上司は「前例がない」と提案を一蹴。同僚たちも上司の意見に賛同して、なんとなく反論できない雰囲気に……。結局、その場の雰囲気に押されて何も言えなくなり、しぶしぶ納得させられたという経験はないだろうか？

じつはこうした〝空気の正体〟を、実証的に解き明かした人がいます。アメリカの心理学者アッシュです。彼は2枚のカードを使って、ある実験を行いました(次ページ図参照)。

まず、左のカードに書かれた1本の線を被験者に見せます。次に、長さの違う3本の線が描かれた右のカードを見せ、最初のカードと同じ長さの線はどれかを答えさせます。

普通の状態でこの実験を行ったところ、正答率は99％以上。ところが、7～9名のグループでこの実験を行い、被験者以外を全員サクラにしてわざと間違った回答をさせると、被

アッシュの実験用カード

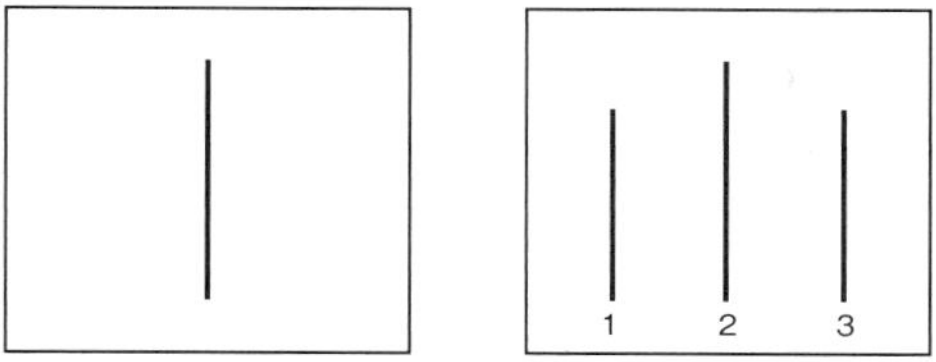

『慣習と規範の経済学』（松井彰彦著／東洋経済新報社）より

左のカードの線と同じ長さの線は、右のカードの2。冷静に見れば、間違えるはずはないが、自分以外の全員が1だと言うと、たとえ2が正しくても1が正しいように思ってしまうのが人間の弱いところだ

験者の誤答率は36・8％になりました。

自分が正しい意見を持っていても、周りが違う答えを選ぶと、それに引きずられて間違った答えを選んでしまうのです。

アッシュはこれを「同調行動」と呼びました。これがまさに空気の正体。他人と異なることをいとわないアメリカ人でさえ同調行動のワナにはまるのだから、他人と同じでないと安心できない日本人なら、もっと流されてしまうはずです。

反対されればされるほど提案する価値がある

しかし、よく考えてみてください。場の雰囲気に流されて主張を曲げてしまっては、いつまでたっても新しい提案は通りません。そもそも、最初からみんなに歓迎されるような企画は、わざわざ自分が言い出さなくても、これまでにも誰かが提案していたはずです。そんな二番煎じなど、ビジネスとしての価値は低い。むしろ挑戦する価値があるのは、最初は周りが反対するような斬新な提案です。「慣例だからダメ」といった空気の壁を破ってこそ、ビジネスマンの評価が高まるんです。

では、どうすれば空気を変えられるのか。じつはアッシュの実験には続きがあります。

先ほどの実験で、被験者以外を全員、間違いを答えるサクラにした場合、誤答率は36・8％でした。ところが正解を答えるサクラを1人入れると、誤答率は約25％に減少。つまり、自分の考えに同意する人が1人でもいると、空気の支配力はグッと弱まるのです。

この法則を会議で応用すれば、自分の意見が通りにくい場合でも賛同者を増やすことは可能なはずです。いきなり全体の空気を変えようとするのではなく、まずは1人の味方を作る。そうすれば空気の支配力が弱まり、さらに味方を増やしやすくなります。1人また1人と仲間を増やして半数までいけば、こっちのもの。もともとなんとなく反対していただけの人は、風向きが変わったことを敏感に感じ取り、風見鶏のようにコロッと態度を変えます。

ただし、ここで注意すべきは味方の作り方。1人目の味方は、論理とデータで説得していくべきです。1対多数の場合は空気にはね返されてしまうことがありますが、1対1では、論理とデータで攻めたほうが相手を納得させやすいのです。

40代、50代が正しい意見を主張できない理由とは

空気を変えるときのもう一つの作戦は、若い人たちを味方につけろということです。その理由は『空気と戦争』（文春新書）という僕の著書にも書きましたが、部長とか常務といった肩書のある世代は、しがらみがあるせいで、正しい意見を正面からは言えないことがある。その点、20代、30代はしがらみが少ないので、正しいことは正しいと、自由にものが言える。

太平洋戦争のときもそうでした。軍部の上層部は日米戦争に「勝てる」という雰囲気に流されて冷静な戦況分析ができませんでしたが、若手エリートで組織した「内閣総力戦研究所」は、開戦前にすでに「負ける」という結論を出していました。日本中に戦争支持の空気が漂う中で、曇りのない眼で正しい分析ができたのは、しがらみの少ない30代だったんです。

これは企業においても同じこと。組織の中にどっぷり浸かった40代、50代は、派閥争いや保身のために、自ら空気に屈しようとする傾向があります。ここを最初に攻めるのは非

効率。まず味方にすべきは、しがらみのない若手です。

決裁権のない若手を味方につけても意味がない？　それは間違いです。最近はトップダウンの欧米型組織も増えてきましたが、日本の企業は現場の提案を吸い上げて実践するボトムアップによって成長を続けてきました。若手の賛同者が増えれば、上司も無視できないのが日本の企業文化です。

このように、やり方しだいで空気の壁をぶち破ることは可能です。大切なのは、逆風の中で空気に流されずに自分の意見を主張し続けられるかどうか。それを貫ける人こそが、優れた人材なんじゃないかな。

4 感情を押し殺すばかりが大人じゃない

先日、日比谷の松本楼で行われた「高橋昇さんの思い出を語る会」に出席しました。高橋昇さんは開高健の『オーパ！』シリーズを撮影した写真家で、病に倒れて2007年9月3日に帰らぬ人となりました。

会には、故人を偲《しの》んで多くの著名人が訪れていました。僕は朝から予定が詰まっていて出席できるか微妙な状況でしたが、会が終わる30分前になんとか駆けつけることができました。

じつを言うと、高橋さんとは一度しか会ったことがありません。

それでも時間をやりくりして駆けつけたのは、彼の仕事ぶりが深く印象に残っていたからです。

僕が感動したプロの仕事姿勢

ある雑誌の取材を受けたとき、やたらと怒っているカメラマンが事務所にやってきました。ニコリとも笑わず、助手がミスをすると、「バカヤロー！」と容赦なく怒鳴りつける。場の雰囲気に配慮して取材後に叱るカメラマンが多いですが、そんなことはおかまいなし。見ている僕が萎縮したらどうするの？　という緊張感の漂う撮影でした。

でも、これこそがプロの仕事だと思いました。最高の結果を出すために妥協を許さない。そのときのカメラマンが高橋さんでした。後日、出来上がった写真を見て、さすがにいい仕事をするなと感銘を受けました。記念に写真をもらえないかと出版社に問い合わせたら、「先日、ガンで亡くなりました」と知らされたのです。結果的に、僕は彼が仕事で撮影した最後の被写体になりました。

あとで聞いたところによると、撮影時はすでに病に冒され、取材当日も病院で点滴を受けて来たという。まさに命を削りながらレンズに向かっていたのです。

いま思えば、高橋さんがカメラを構える姿には、鬼気迫るものがありました。僕が会に出席したのは、写真家としての力量や、最後の被写体になった縁だけが理由ではありません。全身全霊をかけて仕事に取り組む姿勢に、なによりも心を打たれたからでした。

仕事に対する情熱、思いを測るモノサシとは

はたしてみなさんは、人の心に残る仕事をしているでしょうか。

多くの人は、会社で波風を立てないようにと、感情をひた隠しにしがちです。納得がいかないことがあっても、愛想笑いでごまかしたり、適当に相槌を打ってその場をやりすごす。ヘタに感情を出すより、妥協して穏便にすませたほうが、ビジネスライクでスマートだと考えているからです。

しかし、ホンネを隠したまま表面だけを取り繕う人は、中身が薄っぺらで何の印象も残りません。そんな人の仕事は心に響かない。

根底に「いい仕事をしたい」という思いがあるのなら、もっと感情をムキ出しにしてもいいんじゃないでしょうか。高橋さんが助手に厳しい言葉を投げつけたのも、つねに真剣勝負をしていたから。仕事にかける思いが本物ならば、相手を厳しく問い詰めたり、ときには怒鳴りつけることも当然あるはず。それがプロの仕事です。激昂することもないような人は、仕事に対する情熱がない証拠です。

「ムカつく」という言葉以外に、怒りをどう表現する？

最近の若い人は、メールはやるけれども、相手に向き合って自分を表現する場面が少ない。そのせいか、うまく伝えられないもどかしさを、メンドクサイという言い訳をすることで、押し黙ってしまいます。

ビジネスの場面で的確に感情を伝えるには、「なぜそう感じたのか」根拠を示しながら話すと効果的です。

たとえば上司からムリな指示をされたときに、イヤだという顔をしてしぶしぶ従いながら、上司がいなくなった瞬間、「ムカつく」と呟いていませんか？　それは幼稚な感情表現にすぎません。納得できないなら、「部長は先日、○○とおっしゃった。しかし、いまは××と言う。○○のほうが、△△という点でメリットがある。とても納得できません！」と具体的に筋道を立ててぶつけてみる。そうすることで、気持ちは的確に伝わります。

感情をムキ出しにしたら、人間関係がこじれてしまう？　そんな心配はするだけ無駄です。仕事の現場では、出世して結果に責任を負う立場になるほど、厳しい言葉の応酬になります。しかし、どんなに議論が熱を帯びても、ビジネスを離れればノーサイド。むしろホンネをぶつけ合ったことで、信頼関係が深まる場合のほうが多い。逆に、本当に怖いのは、いい人を演じて妥協を繰り返すうちに、仕事の質が低下してしまうことです。

感情をあらわにすることを恐れてはダメ。泥臭く見えたっていいんです。部下がミスをしたなら怒鳴ればいいし、上司が納得できない方針を打ち出したなら、納得できるまで議論を闘わせればいい。そうやってお互いの本気をぶつけ合うことで、人の心に何かを刻み込む仕事ができるんですから……。

5 自分の中に眠る自信を取り戻す法

東京メトロの新橋駅に、幻のホームがあるのを知っていますか？　昭和10年代に建設されたホームですが、諸事情ですぐに閉鎖され、いまも通路のドア一つ隔てた先に存在しています。

このホームを、僕が教えている東工大の授業「日本の近代」で取り上げようと思い、見学会を計画しました。ところが、僕の事務所のスタッフがミスをしてしまった。学生には10日と連絡したのに、東京メトロには17日と伝えていたのです。これが発覚したのは、10日当日のお昼頃。学生の集合時間は、午後2時。開始まであと数時間しかありません。

解決策は二つ。一つは、学生に連絡して17日に変更すること。でも、見学の日程がズレると次回の授業の予定が狂ってしまう。この案はベストな解決策ではありません。

そこでこのときは、東京メトロにムリをお願いして、10日に見学させてもらいました。

年間の授業計画や学生への連絡、東京メトロの事情をすべて考慮すると、これが結果的にベストな解決策でした。

どんな優秀な人でも、ミスを犯すことはあります。が、実力が問われるのは、そのあとの対応です。ただ「すみません」と謝るだけの人は三流。セカンドベストでその場をしのごうとするのは二流。全体を見渡して、最善の策を講じられるのが一流です。

セカンドベストで満足すると「まさか！」の落とし穴が

しばらく前から派遣労働者の雇用環境の悪化が報じられています。企業や行政側の課題も山積みです。しかし、あえて厳しいことを言えば、好況のときに派遣からの脱出を考えていたかどうかです。

好きなことに打ち込むために、一定期間、集中的に働いてお金を稼ぎたいのなら、派遣は理想的な雇用形態です。

しかし、残念ながら多くの人はそうではない。リストラなどやむを得ない事情で仕方なく派遣を選んだ、というパターンがほとんどでしょう。

いわば派遣は一時しのぎのセカンドベストであり、それでよしとしてきたツケがいま回ってきたわけです。状況によっては、緊急避難的にセカンドベストを選ばざるを得ないケースもあります。

しかし、職を得たことで安心してしまい、派遣を足がかりとして正規雇用や独立の道を探さなかったとしたら、本人に責任がないとも言えません。

死ぬ気になってやれば、派遣で働きながら資格を取ったり、転職活動もできたのではないかと思いますから……。

こんな厳しいことを言うのも、僕自身が同じような状況にいたからです。

20代の一時期、僕は工事現場で働いていました。ひとまずそれで食べていけたので、1年や2年なら平気だと思っていました。しがらみもないし、気楽でいい。現場監督になって何人も部下がいる立場でしたが、非正規社員のままです。しかし、1年ほど働いた頃、オイルショックが起きた。すぐに現場に影響はなかったものの、いずれは仕事が減ることは目に見えていました。そこで早々に見切りをつけたのです。

もしあのとき現状に疑問を抱かず工事現場で働き続けていたら、景気が減速して突然、路頭に迷うハメになっていたはずです。あのときの経験があるだけに、いま派遣切りで苦しんでいる人を見ると、痛いほどつらさもわかる一方で、もっと早く手を打てたのでは、という思いも湧いてくるのです。

この不況下で、いまから仕事を探すのは正直、かなり難しいでしょう。しかし、落ち込んだり、投げやりになっても解決しません。どんなに苦しい状況でも、「自分なら必ず解決できる」と、ムリやりにでも思い込む自信がなかったら、仕事は見つかりません。

人生最大の難問をどうやって解決したらいいのか

実際、誰にでも問題解決力は備わっているのです。試しに、これまでに自分が乗り越えてきた小さなピンチをすべて紙に書き出してみてください。たとえば財布を落としたとか、パソコンのデータがぜんぶ消えたとか、そのときは絶体絶命だと感じた場面がいろいろと思い出せるはずです。

次に、それらの小さなピンチをどうやって切り抜けてきたのかを振り返ります。すると、自分の中に問題解決力があることに気づくとともに、ピンチを切り抜けたときの感覚が蘇ってきます。これで一歩前進です。

問題に立ち向かう感覚が戻ってきたら、今度は「悩んでいる自分」が主人公のドラマを思い描き、映画館のスクリーンに、ピンチのシーンが映し出されているところをイメージします。そして観客の立場から、この主人公にどういうアドバイスがふさわしいかと考えてみる。この作業をすると、問題を外から客観的に眺めることができ、具体的な解決策を導き出しやすくなります。

これは心理学的にも証明されているテクニックであり、ビジネス上での問題に直面したときにも効果的です。

仕事がないという人生の危機に瀕し、どうしていいかわからなくなってしまった人は、このやり方で、自分の中に眠っている力を蘇らせ、自信を取り戻してください。

だいじょうぶ、キミなら絶対にこの苦境を乗り越えられます。なぜなら、これまでさまざまな困難を越えてきたからこそ、いまここにいるのですから！

「だいじょうぶ、オレならできる！」

メゲそうになったら、自分で自分を励ましましょう。これを毎日100回唱えれば、言葉の力で元気が出てきます。さあ、顔を上げて！　前進あるのみです！

6 欲望は抑え込んではいけない

大手企業が雇用を維持するために、正社員の就業時間の短縮や賃金引き下げに踏み切る方針を次々と発表。いわゆるワークシェアリングです。

今後さらにワークシェアリング導入の動きが広がれば、サラリーマンの収入は大きく減る恐れがあります。収入が減れば、それに合わせて生活を切り詰める必要も出てくるでしょう。でも、人間は一度味わった贅沢を容易に忘れられないもの。では、欲望を抑えて生活防衛するには、いったいどうすればいいのか?

逆説的ですが、僕は強い欲望を持つことが、ストイックに生きるコツだと考えています。なぜなら、欲しいモノややりたいことへの思いが強いほど、その他の小さな欲望にとらわれなくなるからです。

わかりやすいのは、サッカー日本代表のサポーターです。彼らは日本代表を応援するために、ときには弾丸ツアーでアウェーに乗り込みます。遠征費用も相当な額になりますが、けっしてみんなが裕福というわけではない。年に数回の試合のために、三度の飯をガマンして遠征費用を捻出する人もいる。人間は、好きなことのためなら進んで身を削れるのです。

なぜかお金が貯まらないという人に共通すること

逆に、欲望が弱い人は危険です。このタイプは大きなお金を使う予定がないので、当面の生活には困らないかもしれません。しかし、それが落とし穴。大きな欲望のために小さな欲望をガマンするという習慣がないため、収入が減っても小さな欲望に歯止めをかけられず、ダラダラとお金を使ってしまいます。だから、とくに贅沢をした覚えはないのに、いつのまにかお金が減っているという人ほど、強い欲望を持ったほうがいいのです。

もちろん欲望を持てといっても、たんに妄想を膨らませるだけではダメ。大切なのは、欲望を具体的な目標に置き換えて、それを実現するために必要な条件を洗い出すこと。それが見えて初めて、自分を律することが可能になります。

20代前半の頃、僕はどうしても自動車が欲しくて仕方がなかった。当時の大卒初任給が

4万円前後で、中古のスポーツカーは20万円。僕は大学を出てからしばらくフリーターをしていたので、とても自動車を買えるような身分ではありませんでした。

しかし、本気で自動車を買うつもりでいたからこそ、それを手に入れるための手段を真剣に考えるようになった。自動車を運転するには、まず免許が必要。免許を取るためには、教習所に通わなくてはいけない。でも、教習所は遠く離れたところにある。交通費ももまならない。だったら自転車で行こう。自転車を買うために生活を切り詰めよう。こうして目的を達成するまでのストーリーを思い描き、何をガマンして、何にお金を使うべきなのかを選別していったんです。

贅沢をしているわけではないのに、なぜかいつもお金がないという人は、まず夢に至るまでの道筋を明確にしたほうがいい。それが無駄遣いを減らす秘訣です。

ハングリーになるには、どうしたらいいのか

厄介なのは、とくに欲しいモノや、やりたいことがない人でしょう。

息子がまだ中学生だった頃の話です。プレゼントに欲しいものを尋ねたところ、「何も欲しいモノはない」という答えが返ってきて驚いたことがあります。

僕が育った50～60年代は、物質的に豊かとは言えない時代で、新しい商品が次々と登場し、否が応でも物欲を刺激されました。ところが、いまの20～30代は生まれたときからモノがあふれているせいか、欲望を持ちづらくなっている。

モノに恵まれているのは幸せなことです。しかし、いまの若者はそれと引き換えに貪欲さを失ってしまった。最近は「出世しなくてもいい」「結婚しなくてもいい」という人も多いそうですが、仕事や異性に対する欲望も本質は同じ。強く生きるためには、もっとギラギラしたっていい。

どうすれば貪欲になれるのかわからない？　まず心がけたいのは、手段をいったん切り離して考えることです。最近の若い人は、欲望が一瞬湧き起こっても、それを満たす方法がわからないと、欲望まであきらめてしまう傾向があります。

これは順序が逆。かつて僕がスポーツカーを手に入れたときのように、手段は欲望を目標として固定したあとで考えるべき。手段によって目標を都合よく変えていたら、いつまでたっても強い欲望は持てません。欲しいモノや、やりたいことがまったく思い浮かばない人は、好きなことを探すことから少し離れて、どうしても譲れないものから発想してみるといいかもしれません。いまの生活から欠けたら困るもの、それがないと自分が自分でなくなるものを探せば、その延長線上に欲望の対象が見つかるはず。

いずれにしても、「そこそこで満足」という人は本能が退化しかけています。

スマートに生きるのがかっこいい？

僕はそう思いません。欲しいモノを想像できないことは、けっしてスマートではないんです。熱く生きている人のほうが魅力的だし、こんな厳しい時代だからこそ、欲望を意識化しないと勝ち残れないんじゃないかな。

7　劣等感は強みに変えられる

　とくに取り柄はないが、何でもソツなくこなす平均点の高い社員と、足りない部分も多いが、ユニークな個性を持った社員。いま、人事が評価するのはどちらだと思いますか?

　厳しい時代だから、人に足元をすくわれるリスクの少ない平均点タイプだと思うかもしれません。でも、実際は逆。会社が苦しいときほど、突出したものを持っている人材が重宝されるのです。

　それなりの平均点を取れる社員がいなくなっても、会社はそれほど困りません。平均的な人材ならいくらでも補充できるし、残った人たちでカバーできるからです。しかし、何か一つの分野で200点の能力を持った社員が抜けると、その穴は容易には埋められない。

　そう考えると、イザというときにクビを切られるのは平均点タイプだということがわかります。

では、どうすれば代えのきかない人材になれるのか？　ほとんどの人は、自分の長所を活かしてナンバーワンになろうとします。じつは、それが間違い。前にも述べたように、個性は長所から発想するのではなく、短所を見つめることで明確になるのです。

自分の長所は、わかるようでわからないもの。僕は小学生の頃、短距離走が速かったし、勉強もそれなりにできた。それが長所でした。でも、駆けっこでも勉強でも、いつも上には上がいた。クラスで一番でも、その上には学年で一番がいるし、さらに市内、県内、全国……と考えると、ナンバーワンになるのは至難の業。そうなると、自分では一番得意だと思っていることが、本当の強みと言えるのかどうか、よくわからなくなるのです。

一方、短所は明確でした。僕は昔から朝が弱く、午前中はいつもボーッとしていました。いくら努力しても、早起きできなかった。自分では直視したくなくても、これは紛れもない事実。この不変の部分こそが、他の人とは違う個性なのです。

でも、短所がどうして強みにつながるのか、ピンとこない？

産業も何もない山奥の町が、どうやって発展したのか

徳島県に上勝町という町があります。山間に位置する上勝町は、目立った産業もなく、過疎化と高齢化が急速に進んでいました。そんな町が「全国ふるさとづくり賞」市町村部門で、内閣総理大臣賞を受賞したのです。町おこしの強みになったのは、なんと〝葉っぱ〟でした。

見渡す限り山、山、山。産業振興という点では明らかに不利な立地です。ところが上勝町は、誰も見向きもしない葉っぱに目をつけて、料亭などで料理に添える葉っぱを出荷する「彩事業」を展開。不利な条件を強みに変えて、町の活性化に成功しました。つまり、短所と長所は紙一重。短所も裏返せば、立派な武器になるのです。

ビジネスマンも、短所から自分の強みを発想すべきです。たとえばパワーポイントが苦手だったら、手書きの企画書で勝負すればいい。そのほうが凡庸な企画書より目を引くはずです。また、口ベタだったら、朴訥《ぼくとつ》と話すことを個性にすればいい。誠実そうな人柄が魅力となって、あなたから買いたいというお客が現れるかもしれません。

このように短所を逆手に取れば、人には簡単にマネのできない強みが生まれます。僕の場合は、朝が弱いという短所は夜に強いという長所だと気づき、それがもの書きに向いていました。

組織の中で個性を活かすために知っておくべきこと

代えのきかない人材になるには、自分の強みと、会社から求められている役割のすり合わせも大切です。

組織は、社員一人ひとりが各自の強みと役割を認識し、それがうまくかみ合ったときに、最大のパフォーマンスを発揮します。個人が役割を無視して個性を主張するのはただのわがままだし、個性を殺して役割に徹するのは集団主義。どちらにしても、個人の強みと役割のバランスが取れていない組織は機能不全に陥ります。

自分の強みに合った役割は、組織を俯瞰《ふかん》する視点を持てば、自然に見えてきます。ただ、経験の足りない若手にはそれが難しい面もあるので、上司に直接質問してみるのがいいかもしれません。

ただし、聞き方には注意が必要。「自分にふさわしい役割は？」と尋ねても、上司からは、平均点タイプの役割を求める答えしか返ってこないでしょう。それを鵜呑みにしてはダメ。

最初に指摘したように、会社や上司が求めているのは、個性的な役割を果たせる社員。無難な答えが返ってきたとしたら、上司はあなたの個性をよく把握できていない証拠です。

自分にふさわしい役割を知りたいなら、「自分は○○に強みがあります。会社の中で、どのように活かしたらいいですか」と投げかけるべき。具体的に中身を提示すれば、上司もそれに合った役割を具体的にアドバイスしてくれます。

自分の強みと会社が求める役割が合致すれば、会社はそう簡単にあなたを手放しません。目指すべきは、ナンバーワンではなくオンリーワン。〝キミがいないと困る〟と言わせたら、勝ちですよ。

III

成果につながる努力、無駄に終わる努力

——人生を面白くする「本気の仕事力」の章

1 〝小よく大を制して〟勝つ唯一の方法

いま振り返っても、僕が道路公団の民営化委員のときに置かれた状況は非常に厳しいものでした。なにしろ相手は国交省と道路公団。ファミリー企業まで含めると、約5万人の大軍団です。それに対して、こちらは僕とスタッフを含めてもほんの数人。普通なら、逆立ちしたって勝てるわけがない。

でも、どんなに数に差があっても、小が大を打ち倒す方法はあるんです。2002年当時、僕が目をつけたのは、国交省が出してきた交通需要推計の数字です。

国交省は、交通需要のピークは2030年だと主張。一方、日本の人口のピークは2006年。2006年以降は人口が減っていくのに、交通需要のピークに24年もズレがあるのはおかしいと思いませんか?

国交省の担当者に説明を求めると、「高齢化が進むと、いま車の免許を持っている人がそのままスライドするので、交通量のピークは後ろにズレる」と言う。それでも僕は引き下がりませんでした。だって、いま40代のおばさんが60代になったときに運転するといっても、ほとんどが近所のスーパーか駅まででしょう。長距離の高速道路を週に何度も走るおばあさんなんて滅多にいませんよ。だから、高齢化が進んでも交通需要がそれほど極端に伸び続けるはずがないんです。

協力依頼を拒否され、孤立無援に陥り……

そこで担当者に、推計のもとになったデータを見せてくれと要求しました。資料を公開させると、国交省の出した免許保有者の推計値と、警察が持っていた実績値に、なんと7％も開きがあることがわかった。国交省はサバを読んだデータをもとに、交通需要を自分たちに都合よく試算していたんです。

その数字のウソを証明するのは、一筋縄ではいきませんでした。主要なシンクタンクに実績値をもとにした交通需要の再計算を依頼したら、全部断られてしまった。みんな国交省が怖いんですよ。日本のシンクタンクは役所から仕事を請け負ってるから、官僚組織に逆らえないんです。

仕方がないので個人的に研究者に依頼して計算してもらったら、交通需要のピークは2030年より早くなることがわかりました。数年早くなっただけでも、道路建設の費用は大幅に減らせる。このデータを突きつけて、ついに国交省の主張の誤りを認めさせました。

「正規軍がゲリラに敗れた」

当時の国交省の幹部が、一民間人に負けた感想をそう漏らしていました。

このように、やり方さえ間違えなければ、相手が何万人いようと、東大卒のエリート軍団だろうと、打ち負かすことは可能なんです。では、小が大に勝つにはどうすればいいのか。それは、データと論理を武器にして、相手の弱点を一点集中で攻めることです。データと論理で攻めれば、相手の人数は関係なくなる。正しいか正しくないか、勝負を決めるのはそれしかないんだから。

いわば巨大な戦車軍団にライフル一挺で立ち向かうスナイパーみたいなものです。どんなに装甲の厚い戦車にも覗き穴はあります。そこに的を定めて、データと論理という銃弾を撃ち込んでやる。先頭の戦車の動きを止めれば、こっちの勝ち。後ろに何台控えていようと、先頭さえ止めれば後続もつかえて身動きが取れなくなりますからね。道路公団の場合、それが交通需要の推計値だったわけです。

敵が大勢のときは、こっちの土俵に持ち込むのが鉄則

サラリーマンにも、勝ち目のない戦いに挑まざるを得ない場面があります。大手が独占する市場に食い込んで、なんとか売り上げを伸ばさなくてはいけない。あるいは、実力が上と噂の高い同期と出世レースを争わなくてはいけない。そんなときに、「どうせ無理」と最初からあきらめてしまったら、もう負けです。勝負は下駄を履くまでわからないと思っていないと、どこを突けば突破口になるのか見えてきません。

小が大に勝つには、自分は絶対に勝つんだという強い意志を持つことが大前提です。

東京都大田区の町工場を見てください。社員が数人しかいない零細企業なのに、大手を食う勢いで頑張っている工場があります。小さいながらも大企業をしのぐシェアを持っている会社があるんです。彼らを支えているのは、いったい何だと思いますか？

それは、世界の一流企業に負けないという自分たちの技術ですよ。大手が持っていない技術に対する揺るぎない自信があるから勝てるんですよ。

これを個人に置き換えて言えば、相手の土俵で戦ってはダメだということです。勝負は

自分の土俵、つまり自分が得意とするところで仕掛けないといけません。

また、会社の規模やシェアのうえで劣勢の場合は、「1対大勢」ではなく、「1対1」の局面に持ち込むことが大事です。コンペでライバル企業が圧倒的に有利な状況であっても、取引先の担当者と1対1の関係で自分が優位な関係を築ければ勝算はある。

不利な状況を言い訳にして勝負から逃げたり、一度の負けを引きずって臆病になっていては、永遠に負け犬のままです。

「一点突破」と「1対1」。これこそが、まさに僕が実践で体得した「小が大に勝つ戦術」の要諦です。

2 出遅れたからこそチャンスがある

東京都副知事の就任を機に、「東京」という巨大都市と自分とのかかわりについて、改めて振り返る機会が多くなりました。僕が長野から上京したのは、大学を卒業したあと。家庭の事情でいったん実家に戻ったものの、またすぐに上京しました。

理由はじつに単純。東京には自由と未来があると思ったからです。

長野は僕の故郷であり、心の原風景です。ただ、当時は変化がないことがつらかった。あたりを見渡せば、いつもと同じ山と川がある。それが20代前半の若者には退屈でした。

一方、東京はつねに動いていた。動いているということは、古いものが壊され、新しいものが生み出されるということ。僕はそこに自分の未来を感じて、まるで上京することが当然であるかのように東京へとやってきた。

ちなみに地方から東京に移り住む人は1日平均1200人で、東京から地方へ移り住む人は1日平均963人。差し引き約250人が毎日、地方から東京へと流れ込んでいることになります。

移住の理由は人それぞれですが、おそらく僕と同じように無意識のうちに自由と未来を感じ取り、本能に導かれるまま上京してきた人は多いはずです。

ただ、僕にとって東京は甘い街ではなかった。就職試験を受けなかったので、立場はいまで言うフリーターと同じ。立派な会社に勤めた同期の友人たちがいっぱしの社会人になっていくのを横目で見ながら、とりあえず今日を生き延びるために懸命に働く毎日でした。

でも、後悔はありませんでした。たしかに僕は、東京という街での生存競争で出遅れた。しかし、そこで何もせずに漫然としていると、自由がますます遠のいていくだけ。海ではひたすら泳ぎ続けていないと、いずれ波にさらわれて沈んでしまいます。

自由も同じで、つねに前を向いて戦い続けていないと、結局はさらに不自由な状況へと追い込まれていくことになる。

夢を持って新しい街で生活を始めたものの、思うようにいかず厳しい生活を強いられている人も多いでしょう。正社員になりたかったのに派遣でしか働けない。あるいは独立して起業したものの、なかなか軌道に乗らない。しかしそこであきらめたら、自由と未来は手に入らない。いま厳しい状況に置かれているからこそ、前を向いて戦い続けなくちゃいけないんです。

出遅れた人が自分の手で自由と未来をつかむには、どうすればよいのか。鍵になるのは「企画力」と「楽観主義」です。

なぜその一歩を踏み出す勇気を出せないのか

地元の仲間と飲んだとき、40代のある女性が「子供も手がかからなくなったので働きたいが、会社から一度離れた女性は不利だ」と嘆いていました。彼女は元一流企業勤務で、話し方からも頭がよいことがうかがえる。たしかにいまでも第一線で通用するだろうと思い、僕は「前の会社に、新しい企画を持って行ったらどうか」とアドバイスしました。

いつの時代も、企業は企画を求めています。もちろん二番煎じのありきたりの企画では意味がない。価値があるのは、斬新な企画です。一度、コースを離れた人が勝負をするならそこにしかチャンスはない。しかしその女性は、どうせ無理だと言って、やる前からうまくいかない理由を並べていた。

「なんとかなるさ」と思う心のゆとりが成功を呼ぶ

フランスの哲学者アランは、「悲観主義の根底は意志を信じないことである。楽観主義は全く意志的である」（『定義集』）と言いました。

行動に移す前から「ダメだダメだ」と言う人は、もともとやる意志がなく、ただ気分に任せて無責任な悲観主義に陥っています。何か新しいことにチャレンジしようというときは、成功する確証がなくて当たり前。それでもあえて前へ進む意志を持つ、つまり楽観主義でなければ、欲しいものは手に入らないのです。

これはビジネスマンも同じです。出世レースで出遅れた人が挽回するには、みんなと同じことをしていてはダメ。同期が思いつかないような提案をしない限り、逆転は困難です。

ところが、そこで「どうせ前例がないから却下される」という悲観主義に陥り、逆転のチャンスを自ら放棄してしまう。これでは組織の中の不自由さにますますからめ取られていくだけです。社内の生存競争に打ち勝ち、自分のやりたいことを自由に実践できるポジションまで這い上がるには、「前例がないから大きな可能性がある」と言って上司を説き伏せるくらいの強い意志を持つべきです。

さらに言えば、自分が会社を新しい方向へ導くというくらいの気持ちがあったほうがいい。東京都では1日平均8社の企業が倒産しています。

新しい起業家が企業を立ち上げる一方、変化についていけない古い考え方の企業は淘汰されていく。これが東京という街の厳しさです。しかし、新しいチャレンジを欠かさない企業はたくましく生き残っていく。その原動力になれるビジネスマンだけが未来を切り拓ける。

初めて上京したときのことを思い出してください。東京に限らず、夢を持って新しい街に移り住んだときに、「どうせうまくいかない」という悲観主義に陥っていた人はほとんどいないはずです。自分の可能性を信じて、挑戦を続けること。欲しかった自由と未来は、きっとその先にあるんじゃないかな。

3 細かい数字にとらわれるな

数字に強いビジネスマンというと、みなさんはどんな人をイメージするでしょうか。数字を素早く正確に計算するコンピュータのようなタイプを思い浮かべる人が多いかもしれませんが、僕の見方は違います。

帳簿をつけるのは税理士や経理の専門家に任せておけばいいし、手間のかかる複雑な計算はパソコンや電卓を使えばいい。ビジネスマンに求められるのは、計算の正確さよりも、数字を道具にして物事を考える力。それが数字に強い人と弱い人を分けるのです。

たとえば100円ショップに立ち寄ったとしましょう。数字で考える力のない人は、安く買い物ができたと満足して帰るだけ。一方、数字で考える力のある人は、棚の商品を見て、「原価は8割くらいかな。1個売って20円の利益か」と想像する。さらに店内を観察して、その店の収支にまで考えをめぐらせます。「1人平均10個買うとして客単価は1000

円。1時間平均10人の客がいて1日10時間営業、月25日営業だとすれば、月の売り上げは1000円×10人×10時間×25日＝250万円。では、支出はどうか。仕入れに8割使うとすると、仕入原価は200万円。家賃と光熱費で月20万円、アルバイトの人件費は日給8000円×25日×2人として、月40万円。支出は計260万円で、毎月10万円の赤字」と。

優秀なビジネスマンは、レジに並びながらこんなふうに計算して、「この店はいずれ潰れるだろう」と判断する。このように数字を手がかりにして物事を理解する力が、本当の数字の強さです。

算数や数学が苦手でも数字に強くなれる

昔から数学が苦手だから、そんな計算は自分にはムリ、と思い込んでいる人がいるかもしれません。しかし、本当にそうでしょうか。

じつは僕も数学は苦手でした。中学レベルまでは成績がよかったが、高校で微分積分が出てきて苦手になりました。抽象的な数学でつまずいてしまったからです。

しかし、そういう数学がふるわなくても、100円ショップの収支計算は簡単にできます。なにしろ、使うのは足し算引き算、掛け算割り算だけ。小学校の算数レベルの知識があれば十分です。数学の成績と数字で物事を考える力はまったく別物です。

では、どうすれば数字に強くなるのか。おすすめしたいのは、日常生活に数字の視点を加えることです。100円ショップの例のように店の様子から収支を推測するのもいいし、取引先の企業規模から担当者の年収を予想してみるのも面白い。考える材料は、身の回りにいくらでもあります。

このとき、数字は目の子（概算）で把握するのがポイントです。たとえば来客数が9人なら「10人」、年収315万円なら「年収300万円」というように、端数は四捨五入してキリのいい数字にまるめます。

目の子で数字を分類すると、新しい発想が生まれて頭の中が整理されるというメリットもあります。たとえば「年収980万円の人」をイメージするとき、「980万円」という端数に意識が向くと、正確かもしれないが、それ以上に発想が膨らみません。

しかし目の子で分類するクセをつけると、「年収が約1000万円の人」という思考の枠組みができ、「そこに属するのはどんな人か」「その対極の年収はいくらか」と思考に広がりが出てきて、数字が象徴する意味がわかってくるのです。

こんなふうに分類して意味づけをすると、単なる数字がアイデアを生む材料に変わってきます。

自分の仕事ぶりを数字に置き換えて考えてみよう

また、プレゼンや会議では、ポイントになる数字だけを使うと効果的です。いろいろと数字を並べて説明に説得力を持たせようとする人がいますが、それは逆効果。細かい数字を並べて煙に巻く役人の答弁と同じで、相手をイライラさせるだけです。もし不安なら、相手が聞きたがりそうな箇所だけ細かい数字を入れておけばいい。サンプル検査と同じで、1か所で数字の信頼性が裏づけられれば、他の数字も信頼してもらえます。

ここまで、数字に強くなるコツを紹介しましたが、数字で物事を考える力が身についたら、やってほしいことがあります。それは働き方の見直しです。

営業マンなら、いくら売り上げれば現在の給料分の利益を出せるのか。事務系なら、どれだけ仕事をこなせば売り上げ1000万円に匹敵するのか。

自分の仕事を歩合制に置き換えて、その働きぶりをチェックするのです。

自分の仕事を数字で解き明かせば、現時点のリアルな実力が見えてきます。給料ほど貢献していなければもっと努力が必要だし、逆に働きに比べて給料が少なければ転職したほうがいいかもしれません。いずれにしても、自分の働き方を見つめ直すいい契機になるはずです。

このような使い方ができるのも、数字の面白さの一つです。

苦手意識を捨てて、ぜひ数字に強いビジネスマンを目指してください。

4 説明上手は、相手のココに語りかける

上司に仕事の報告をするとき、こんな話し方をしている人はいないでしょうか。

「今日は5社訪問して、1社目のA社では○○部の××さんが対応してくれました。まず商品について説明して、その後、先方からの要望を聞きました。どうやら価格と納期がネックのようです。価格については……」

本人は丁寧に報告しているつもりかもしれませんが、この調子で5社分の報告をしていたら日が暮れます。おそらく上司からも「要点をズバッと話せ」と叱られるでしょう。ダラダラと説明するのは、相手の貴重な時間を奪うことと同じ。ビジネスでは結論から報告するのが原則で、枝葉末節は上司に求められたときだけ報告すればいい。

この基本は、話しベタな人でも知っているはずです。にもかかわらずうまく話せないのは、報告すべき結論に自信を持てないから。重要な部分は漠然とわかっていても、間違え

ることを恐れて、つい網羅的に話してしまう。それが話しベタな人の心理です。

そこで僕がスタッフに実践させているのが、CMと同じ15秒の報告です。15秒は短いようで意外に長く、「誰が何をした」「何がどうなった」という情報なら、三～四つは入れ込めます。これなら情報を無理に一つに絞らなくても、重要度の高そうなものを複数選んで伝えればいい。これを繰り返すうちに、伝えるべき情報の優先順位が見えてきて、話しベタな人も結論を的確に報告できるようになります。

話のツボが見えてくる復唱の、すごい効果

上司への報告でさらに心がけたいのは、相手のメリットを意識して話すことです。状況説明だけで満足している人をよく見かけますが、それでは上司は動いてくれません。もし商談の報告をするなら、「売り上げ5000万円の大型案件ですから、部のノルマもこれで一気に達成ですね」と、つけ加えてみましょう。

相手の利益になるフレーズを話に入れ込めば、アドバイスをくれたり、次回は商談に同行してくれるかもしれません。仕事のデキる人は、こうした話し方で上司を動かしているのです。

電話での話し方にも工夫が必要です。電話の応対で「ええ、……はい、……はい」と、ひたすら相槌を打つ人はダメ。電話では、相手の発言をそのまま復唱すべきです。

復唱には二つの意味があります。一つは、周りにいる他の社員に内容を聞かせるため。たとえば重要な取引先が相手だと上司が気づけば、電話をこっちに回せとサインを送るかもしれないし、顧客からのクレームだったら、電話中に他の社員がいち早く関係部署に手を回してくれるかもしれません。

もう一つは発言内容の確認です。とはいえ、相手の言葉を繰り返して確認するだけなら留守番電話でもできる。大切なのは、復唱の合間に5W1H（いつ、どこで、誰が、何を、なぜ、どのように）の質問を挟み、詳細を確認すること。

そうやって相手から情報を引き出してこそ、人が対応する意味があります。

あとで内容を誰かに報告するとき、要領の得ない話し方になってしまう人は、この確認作業を怠っているからです。話しベタな人は、ぜひ復唱プラス5W1Hの質問を習慣づけてください。

耳と同時に目に訴える伝え方のコツとは

会議やプレゼンでの話し方についてもコツを伝授しましょう。僕がよく活用するのは、紙のメモや資料です。じつは紙を上手に使うことで、トークの説得力は大きく高まるのです。人間は視覚の動物で、目から大量の情報をインプットします。

とくに日本人は漢字という表意文字を使うため、文字に話す以上の意味を込めて伝えることが可能です。

具体的には、キーフレーズを紙に書き、相手に指し示しながら話をします。紙にはキーワードではなくキーフレーズを書きます。キーワードは「何をどうする」の「何」に当たる部分です。会議やプレゼンの目的は、「どうする」の部分を決めること。自分の主張もそこに集約されるのだから、述語を入れて立場を明確にしなければいけません。たとえば「○○プロジェクトについて」ではダメ。「○○プロジェクトは中止すべき」というフレーズにして、初めてビジュアルの効果が発揮されます。

紙を使う以前に、大勢を目の前にすると頭が真っ白になって言葉が出てこなくなる?

それはみんな同じ。堂々と話しているように見える人も、内心では緊張しています。

では、どうして緊張しているのにスラスラと話せるのか。それは、参加者全員ではなく、その中の2割を相手に話しているからです。場の空気を作るのは、参加者の2割。残りの8割は付和雷同で、2割を味方につければ、あとは雪崩を打ったように賛成に回ります。そう考えれば、8割の反応が悪くても焦らずにすみます。

口ベタな人は、「生まれつきアガリ性だから」「頭の回転が鈍いから」とあきらめがちですが、それは間違い。話し方は才能よりも訓練です。

訓練はいまからでも遅くはありません。今回紹介したワザを活用して、ぜひ話し上手を目指してください。

5 プレゼンの達人に学ぶ、情報の〝捨て方〟

プレゼンを控えているのに、企画書が書けずに困ったことはありませんか？　机の前でうなってイライラしたことがあるでしょう？　プレゼンで大切なのは、汗をかくこと。考えがまとまらないと悩む前に、とにかく足で資料を集めるべきです。

企画書は、いかに説得力のある〝仮説〟を立てられるかが勝負。では、どうすれば仮説力が身につくのか。それにはさまざまな資料に当たって試行錯誤しながら、〝カン〟を磨くしかありません。

たとえば本屋に資料を探しに行くと、たまたま見かけた隣の本にピンときて、新たな視点が得られるかもしれません。あるいは関係者に話を聞きに行ったら、自分の想像と180度違う情報を提供され、仮説を立て直す必要に迫られるかもしれません。こうしたカン違いも含め、紆余曲折を経ることでカンが磨かれ、正しい仮説へと近づいていきます。

最近はネットで見つけた情報を切り貼りしただけの企画書を見かけますが、あれはよくない。ネット検索の場合、キーワードを放り込めばすぐに答えが出てくるので、カンが磨かれる機会が少ない。その結果、間違った情報を鵜呑みにして見当違いの仮説を立てるハメになる。それで恥をかくのは自分。

情報源がネットでも、結果的に正しい結論にたどり着けばいいという考え方もありますが、僕はそう思いません。正しいだけでは相手の興味を引かないからです。

推理小説に人気があるのは、謎を解き明かすまでのプロセスが描かれているから。事件直後に犯人を明かして終わりだったら、面白くもなんともない。たとえ結末に真実味があっても、読者の心には響きません。

プレゼンも同じ。結論だけを提案しても相手の印象には残らない。大切なのは、結論にたどり着くまでの〝プロセス〟。それを包み隠さず見せることで、相手の共感や感動を呼ぶのです。

ところが、ネット検索には紆余曲折のプロセスがない。「ネットで調べたら一発でした」といって提案された企画書が面白いと思いますか？　僕ならそれだけで読む気をなくします。

相手に臨場感を伝えるにはどうしたらいいか

また、自分の目で現場を見ておくことも大切です。たとえば、ある店舗の店頭キャンペーンについてのプレゼン資料を作るとします。店頭に人だかりができているシーンを、相手に想起させることができれば成功です。しかし実際に店舗を一度も見ていない人が、そのシーンをうまく文章で表現できるでしょうか。

文章は平面の世界ですが、現実は立体です。三次元で現場を把握していない人が二次元で説明するのは難しい。仮に伝わっても、相手は二次元でしかイメージできない。現実感を持って共感してもらうには、相手に三次元、つまり立体としてイメージさせられるかが決め手になります。

忙しいからといって、ほとんどの人は情報を効率的に入手することを優先しがちです。しかし、その効率のよさがアダになる。説得力のある企画書を作るには、時間と手間を惜しまず、足で情報を集めることが重要です。

情報収集がプレゼンの準備編だとしたら、次は実践編。文書の作成に入ります。

紙はA4判1枚が基本。結論は一つに絞って、最初に結論をひと目でわかるように書きます。結論にたどり着くプロセスがプレゼンになると言いましたが、ビジネスの場合は最初に着地点がわかったほうがいい。「プロセス↓結論」ではなく、「結論↓プロセス」の順が原則です。

また、結論をひと目で理解してもらうために図やグラフも活用したいところです。整理された図は、くどくどと説明した文章より説得力があるからです。

「もったいない……」という気持ちを捨てれば、うまくいく

その好例があります。日本経済新聞（２００８年10月10日）に、林敏彦放送大学教授による金融危機の解説記事が掲載されていました。記事中には、日米の不動産価格（ＧＤＰ比）の推移を表したグラフがありました。

それによると、日本の不動産が１９９０年前後に極端に高騰したのに比べ、アメリカは緩やかに推移している。つまり、２００８年の金融不安のきっかけとなったアメリカの住宅市場崩壊は、世間で言われているほどバブルではなかったことを示しています。そのグラフによって、本文を読まなくても著者の主張はひと目で理解できました。

これが図の効果的な使い方です。余計な情報をアレコレ盛り込まず、日米の比較のみに

焦点を絞った点も、いい手本です。

グラフの背景には、結果的に使えなかったデータが数多くあったはずです。それを思い切って捨てた。不要な9割の情報を捨てたからこそ、主張（仮説）が一つに絞り込めているのです。

情報を集めるのに苦労すればするほど、大変だったぶんだけ、逆に捨てることができなくなる。しかしプレゼンで成功するには、汗水たらして足で集めた情報の〝9割を捨てる力〟が勝負を決します。盛りだくさんで焦点がわからなくなっては本末転倒。〝捨ててこそ、得られる〟――この逆転の発想が成功をもたらすのです。

6 問題解決力は現場力

少し前に重症妊婦の受け入れを複数の病院が拒否するケースが相次ぎ、社会問題になりました。

一部からは、「病院の姿勢に問題がある」と非難の声もあがりました。

ただ、本当にそれで問題が解決するのか。僕には疑問です。

受け入れ拒否の直接の原因は、NICU（新生児集中治療室）の不足です。NICUとは、集中治療が必要な未熟児に対して、人工呼吸器など特別な機器を備えたアクリル製保育器のこと。その数が足りず、病院も受け入れを断らざるを得ませんでした。足りないなら増やせばいい。厚労省はそう考えて、NICU増床の数値目標を打ち出しましたが、それでは解決しません。

そこで僕はプロジェクトチームをつくり、NICUは年間1床につきいくらかかっているか、調べました。結果、ＮＩＣＵ１床につき、病院は４２００万円の支出。ところが収入は診療報収と補助金が３５００万円で、７００万円の赤字です。ＮＩＣＵを増やすほど病院は収支が悪化するのです。

ＮＩＣＵに対して都から補助金がありますが、国の補助金はゼロ。これでは病院がＮＩＣＵ増床に及び腰になるのも仕方がありません。つまり、この問題のボトルネックは国の補助システムにあるのです。

そこに着目しないで、「病院の努力が足りない」「ＮＩＣＵが足りないなら増やせばいい」と唱えても、同じことが繰り返されるだけ。

解決するには、構造的な原因を見極める必要があります。

解決策が見えないときに、まずやるべきことは

これはビジネスでも同じです。たとえば売り上げが伸びないとき、「頑張りが足りない」と精神論を振りかざしてみたり、表層だけを見て「営業マンの数を増やそう」と中途採用をしても、状況は好転しません。

本当の原因はどこに潜んでいるのか。それを見極める問題発見力が、いますべてのビジネスマンに求められています。

　では、どうすればボトルネックを見つけることができるのか。僕が心がけているのは、事態が発生した現場に出向いて、自分の目と耳を使うことです。誰かに報告を頼むと、報告者の先入観や一般常識というフィルターがかかるため、問題の本質が見えづらくなります。一方、自分で直接現場に行けば、「あれ、何かおかしいな？」と違和感を覚える瞬間があります。この直感が大切。

　たいていの場合、ボトルネックは、頭では理解できても何か釈然としない、という部分に潜んでいることが多いからです。

　商品が売れないなら、売り場に行って棚を見たり、お客さんに声をかけたり、関係部署の担当者から直接話を聞くべきです。

　すると、見聞きするうちに問題を頭ではなく五感で捉えられるようになり、「おや？」と感じる点が出てくるのです。よく刑事ドラマで「ニオう」というセリフが出てきますが、まさにあの感覚。そこに解決策のヒントが隠れています。

　もちろん最初は単なる直感なので、いきなり核心にたどり着くことはできません。

　しかし、最初から100点満点の答えを目指さなくてもいい。まずは直感を信じて、30点、あるいは50点の解決策の仮説を立ててみる。それを検証して80点に高めていく。これを繰り返す過程で、いままで気づかなかった手立てが見えてきて、ベストな解決策に近づけるのです。

このツボさえ押さえれば、5分でOKを引き出せる

ボトルネックを見つけるコツはもう一つあります。それは、対象を分解することです。たとえば「売り上げを2倍にしろ」と言われても、問題が大きすぎて、何から手をつけていいかわからない人も多いでしょう。

そんなときには売り上げを構成する要素を一つひとつバラバラにします。売上額で取引先を分類したり、商品ごとに利益率を出したり、成約までにかかった時間を割り出してみたり……。すると、どの部分が売り上げの足を引っ張っているのか、見えてきます。

プラモデルの故障を調べるのと同じ要領です。壊れた機械と正常な機械の外見だけを比べてみても、どこが壊れているのかはわかりません。しかし、一つひとつのパーツに分解して調べれば、欠けた部分があることがわかる。あとはパーツを修理するなり交換すればいいだけです。

ボトルネックが明確になったら、それを周囲にわかりやすく説明することも大切です。それには図表が威力を発揮します。

受け入れ拒否の問題で厚労省に要望書を提出するとき、僕は厚労大臣にアポを入れました。超多忙なスケジュールを調整して、確保できたのは15分。

そのわずかな時間に原因のありかを一発でわかってもらうために、僕はＡ４判の紙１枚に書いた図表を見せながら説明しました。それが功を奏して厚労省は、ＮＩＣＵの補助金を増額しました。

会社でも、同じような場面があるはずです。社長の時間が取れるのは５分。そんな場面でワンフレーズでＯＫを引き出すには、文章をくどくどと書いた何枚もの資料より、たった一つの図表が効果的なのです。

問題の本当の原因を見極め、周囲を巻き込んで解決していく。それには現場力と図説力が必須。とくにいま、〝売れない〟悩みから抜け出すには、この二つの力を磨くことが何よりも大事だと思います。

7 規則には破り方がある

東大五月祭で講演を行ったときの話です。僕の講演ではたいてい、著作集のチラシを配っています。ところが今回は、主催のサークルがチラシの配布に難色を示しました。「実行委員会から『商業的なチラシの配布は禁止』と通達されている。違反したら来年から開催できなくなる」と言うのです。

僕はサークルの判断に驚きました。たしかに出版社が制作したチラシですが、それを見れば何をテーマに著作活動をしてきたのかがひと目でわかる。いわばプロフィール代わりで、特定の本を宣伝する意図はありません。それなのに実物を見もせず、「規則だから」の一点張り。

そこで僕は、入口にチラシを置くことを提案。これなら〝配布〟ではないため、違反にはなりません。サークルのメンバーも承諾してくれました。

東大生の多くは、官僚や一流企業の社員といった既得権者の仲間入りをすることを目指します。だから、規則を頑《かたく》なに守ろうとするのは東大生らしい考えかもしれません。規則は既得権者に都合よく作られているため、そこからはみ出そうという発想はない。たとえ理不尽な決まりでも、無条件で従うだけです。

むしろ積極的に規則を破ったほうがいい場合とは

一方、海外の優秀な学生は違います。アメリカでは優秀な学生ほど起業家を志し、既得権者に挑戦します。既得権者に勝つには、従来の規制に異を唱えたり、抜け道を探すしかない。規則に対する姿勢が１８０度違うのです。

ビジネスマンが見習うべきは、後者でしょう。挑戦者が既存の規則に従っているだけでは、勝ち組に追いつけません。市場を独占している大企業や先行している人に勝つには、既存の規則に疑問を持ち、ときにはそれを破るくらいの覚悟を持たないといけません。

会社の中でも同様に、臨機応変に判断すべきです。「交通費３万円以上の出張は課長の決裁が必要」という決まりがあったとしましょう。ふだんは何の問題もないかもしれませんが、地方のお客からクレームが入って駆けつけなくてはいけないときに、いちいち稟議書を上げていたら対応が遅れてしまいます。評価されるのは、すぐにでも飛行機に飛び乗って、上司の事後承諾を得る人。規則を杓子定規に捉えていては、いい仕事はできないのです。

もちろん、手当たりしだいに決まりを破れ、と言いたいわけではありません。たとえば駅で整列乗車するのは、みんなが快適かつ安全に電車を利用するために欠かせないルール。自分が座りたいからと割り込み乗車するのは、事故を引き起こす原因になり、危険です。周りの迷惑という以上に命にかかわりますから厳禁です。

大切なのは、「何のためにこの規則があるのか」という目的を見極めて柔軟に対応すること。「決まりだから」と思考停止に陥るのではなく、「なぜこの規則が作られたのか」という理由を考えてみる。そうすれば、ケース・バイ・ケースでどう対処すればいいのかが見えてくるはずです。

どうしたら一人で悪法を変えることができるか

明文化されていない慣習についても同じです。「上司より先に帰ってはいけない」「どんなに遅くなっても直帰はダメ」という、暗黙の了解がある職場も多いと聞きます。こんなバカらしい慣習は生産性を落とすだけ。非合理的な習わしは見直したほうがいい。

なかには、ヘタにモメるより黙って従ったほうがラクだと考える人もいるかもしれません。しかし黙っていては、いつまでも無意味な慣習に縛られたまま。それで本当に能力を発揮できると思いますか？　そもそも、モメることも立派な戦略の一つです。

いまでは産地直送のお米は珍しくありませんが、かつては生産者が政府や指定業者を通さずにお米を流通させることは違法でした。その規制に風穴を開けたのは、城南電機の故・宮路年雄社長です。宮路社長はヤミ米を大量に仕入れて店頭で安売り。無許可販売したとして、当時の食糧庁から行政指導を受けました。

しかし、それが世間の注目を集め、実態にそぐわない食糧管理制度を見直す機運が高まった。その結果、翌年にはヤミ米を「計画外流通米」として新たに認める食糧法ができました。意図的にモメることで自らの主張をアピールし、規則を変える足掛かりにしたのです。

会社の規則や理不尽な慣習を自分一人で変えるのは難しいかもしれません。でも周りを見渡せば、他にも疑問や不満を抱えている人がいるはずです。そうした人と力を合わせればいいんです。協力を取りつけるためには、規則を見直すきっかけを意図的に作ればいい。みんなが「おかしい」と思っているのに諾々《だくだく》と従う必要はありません。

職場を見回してみてください。形式的で非生産的な決まりや、仕事の足を引っ張っている慣習が見つかるはずです。

それらに疑問を持たず、規則に飼い慣らされるようにして一生働くのか？　それとも自分の頭で判断して、主体的に変えていこうとするか？　キミしだいです。

8　流れを悪くしている〝ズレ〟に気づく

大きなミスをしたわけでもないのに、なぜか仕事が順調に進まず、やることなすこと裏目に出る。〝流れが悪い〟と感じたとき、みなさんならどう対処しますか？

じっと我慢して風向きが変わるのを待つというやり方もありますが、それは危険。待っている間にさらに状況が悪化し、取り返しのつかない事態に追い込まれる可能性があるからです。

そもそも人が流れの悪さを感じるのは、これまでうまくいっていたやり方が通用しなくなったときです。たとえば成績上位の営業マンが、去年と同じ売り方をしているのに、突然、成績が落ちていく。

そんなときは、つい「不景気だから仕方がない」「たまたまツイてないだけ」と、うまくいかない原因を得体の知れない流れに求めようとしがち。

が、環境や運のせいにしても事態は好転しません。自分を取り巻く状況が変わったのなら、自分がそれに適応するしかない。流れが悪いのではなく、流れに応じてやり方を変えない自分が悪いのです。

仕事を〝ルーティンワーク化〟した結果、起こったことは

西麻布の僕の事務所の近くに、いつも満席のレストランがありました。実際に食べてみると、たしかに料理はおいしく、内装もおしゃれ。人気になるのもうなずけました。ところが年々、空席が目立つようになり、7年前についに閉店。いまは跡地にコンビニが建っています。

あれほど流行《はや》っていたレストランが、なぜつぶれてしまったのか。それは、人気にあぐらをかいて何も変えようとしなかったからです。時代とともにお客の嗜好は変わるのに、メニューや内装は昔のまま。これでは、お客が求めるものと店が提供するものの間にズレが生じるのも当然です。

こうしたズレも、最初はほんの小さな綻《ほころ》びにすぎません。ただ、それゆえに気づかずに見逃してしまうのです。放っておくと、綻びはどんどん広がり、気づいたときには手の施

しようがなくなります。これは仕事も同じ。悪い流れから抜け出すには、自分の仕事の進め方に絶えず疑問を投げかけ、いち早くズレを察知し、修正するしかありません。自分の仕事を改めて見直すと、小さなズレが至るところに潜んでいることに気づくはずです。

東京都では毎年、職員から仕事の改善提案を募集して表彰していますが、提案の多くは現場から生まれた小さな工夫でした。

一例を紹介しましょう。これまで福祉保健局では、食肉の細菌拭き取り検査を二人一組で行っていました。一人が検査をしている間、検査キットや機材を持つ介助者が必要だったからです。しかし、二人一組では非効率。そこで一人で検査できるように、首からぶらさげるラックを考案し、器具や機材を持ち運べるようにしました。

冷静に考えれば、この程度のアイデアは誰でも思いつくのかもしれません。ただ、毎日ぼんやり仕事をしていると、誰でもわかることすら見えなくなります。大切なのは、昨日の延長線上で今日の仕事をしないこと。仕事に向かうときに、本当にこれでベストなのか、もっといい方法があるのではないかと考えることで、日常の仕事に潜んでいたズレが浮かび上がるのです。

従来のやり方にどっぷり浸かっていて自分で判断しづらい場合は、周りの意見を参考にしてもいいでしょう。

人に意見を求めるときは、仕事を進めるたびにこまめに聞くことが大切。たとえば1か月のプロジェクトなら、3週間たって後戻りできない段階で聞くのではなく、3日進めるたびに、「これでいい？」と意見を聞く。そのほうが相手も自分の意見を気軽に言えるし、ズレが小さいうちに修正できます。

いろいろと試行錯誤しても、ときには悪い流れからなかなか抜け出せない場合があるかもしれません。でも、だからといってネガティブに考えるのは厳禁。不平や不満を言った途端に、さらに流れが悪化します。

悪い流れを見事に断ち切った女子プロゴルファーの実話

アマチュア時代から実力を高く評価されていた女子プロゴルフの諸見里しのぶ選手は、プロになってからしばらく成績が伸び悩みました。勝てない原因をコースやギャラリーに求め、愚痴が口をついて出る日々。そんな姿を見て、兄と慕う片山晋呉プロからこうアドバイスされたそうです。

「おまえ、いまゴルフを楽しんでないだろう。何でもいいから笑え。ボギーを打っても笑え。

それができれば絶対に強くなる」

　これをきっかけに、諸見里選手は愚痴を封印。どんなに状況が悪くてもポジティブに捉えることを心がけました。その結果、これまでツアー年間1勝止まりだったのが、翌年は一気に6勝に。日本を代表するトッププロへと成長しました。

　愚痴をこぼしたところで、周りが自分に合わせてくれるわけではありません。周りを責めれば、むしろ協力が得にくくなって、自分を取り巻く環境がますます悪くなるだけです。流れが悪いと感じたときほど「自分なら必ず打開できる」と言い聞かせる。その前向きな姿勢が、流れを引き寄せる呼び水になるのです。

Ⅳ

10人の知人より、1人の信頼できる味方

――「本物の人間関係」を築く章

1 結果を残す人の、ある共通点

少し前の話になりますが、２００６年のトリノ冬季オリンピックでは、日本人選手が軒並み苦戦しました。その中でもっとも僕の印象に残ったのは、ノルディックスキー・ジャンプの原田雅彦選手の失格でした。スキー板の長さが規定に合わずに失格になった出来事です。覚えてますか？

国際スキー連盟の規定によると、競技で使えるスキー板の長さは、選手の身長と体重に応じて決まることになっています。原田選手がいつも使っていたスキー板を今回も使用するには、ウェアを合わせて61キロ以上の体重が必要でした。ところが、測ってみると60・8キロしかなかった。あとわずか２００グラム。

ペットボトル１本分の体重が足りずに失格になってしまいました。日本では、この失格について「初歩的なミス」「ベテランのくせに自己管理ができてない」という批判的な論調ばかりが目立ちました。

でも、悪いのは本当に原田選手だけなんだろうか？　僕は違うと思います。本来、体重の管理は周りのスタッフの仕事です。選手は勝負のことでもう頭がいっぱいになっているんだから、自分で体重を管理する余裕なんてないでしょう。原田選手の体重が落ちていたら、周りが気づいてやらないといけない。

体重が減っていることは、注意して見ていればわかったはずです。「緊張して少しやせたんじゃないか」とか、「環境が変わったせいか顔色がよくないぞ」とかね。ところが、このような小さな変化に気づかなかったか、気づいても放置していた。それが結果的に失格という最悪の結果を招いてしまった。

小さな乱れが、やがて大きな事故を招くことに……

小さな歪みを放置していると、そこから綻びが生じて、より大きな事故を呼び寄せてしまう。この現象は、犯罪心理学の「ブロークン・ウィンドウ（割れ窓）理論」で説明できます。

この理論は、車を路上に1週間放置して観察したところ、窓を割らなかった車は何もイタズラされなかったのに、窓を割った車は部品がごっそり盗まれ、落書きまでされていた、という実験結果に基づいています。原田選手の失格もまさに同じです。最初の小さな変化に気づいて修正していたら、失格という事態には発展しなかったんですから。

わずかな気の緩みが大きな失敗につながることは、僕も身をもって体験しています。

じつはある年の春、自宅の門に誰かが車をぶつけて、門柱が曲がってしまったことがあったんです。修理するのに1か月かかるという。その間に事件が起きた。事故の2日後には愛車のBMWのエンブレムが剥がされていたんです。それまで盗難どころか、イタズラされたことすらなかったのに、門柱が少し曲がっていただけで、すぐに泥棒に目をつけられてしまった。

どうして泥棒は門柱の曲がった家を狙ったのか。それは、1か所でもスキがある家は、他にもきっとスキがあるはずだと判断したからでしょう。自分では「門柱が傾いているくらい、どうってことない」と思っていても、問題はその一部分にとどまらないんです。

企業でも同じですよ。たとえばトイレが汚れていたり、看板が少し曲がっている会社があったとしましょう。

トイレが汚くても、看板が曲がっていても、価格や製品の品質には直接、影響はないかもしれない。ただ、それを見たお客さんが「この会社はサービスが悪いかもしれない」と考えても不思議ではありません。

大きな損失や事故を呼び込まないためには、どんな小さなところにも目を光らせておかなければならないのです。

これを地道にやってきたのが、トヨタの〝カイゼン〟運動です。トヨタには、現場の一人ひとりが気づいたことをボトムアップで提案できる仕組みがある。いわゆるQC（品質管理）運動の一つです。トヨタではカイゼンの思想が現場に行きわたっているから、小さな変化が大きな事故につながる前に対応できる。一つひとつのカイゼンは小さなものかもしれませんが、それが積み重なった結果、1兆円という空前の純利益に結びついた。この考え方は、他の企業もぜひ参考にすべきです。

デキる人が徹底している小さなこと

この「ブロークン・ウィンドウ理論」は、ビジネスマン個人にも通じる部分があるんじゃないか。たとえば会社で同僚と会ったとき、きちんと挨拶できているだろうか。あるいは机の上は整頓されているだろうか？

そんなこと、仕事には関係ない。成果主義だから結果さえ残せばいいんだ、というのは大間違い。仕事の結果を左右するのは、じつは日頃の小さな言動や立ち居振る舞いにかかっているんです。

最近は成績が伸び悩むと、ハウツー本を読んだり、セミナーに通うなどして、表面上のテクニックを求める人が多いですよね。でも、結果が出ない本当の理由は、そんなところにはない。いくらマーケティングの理論を学んだって、挨拶ひとつまともにできない人とは誰も進んで商談しようとは思いません。あるいは人脈づくりのために数多くの異業種交流会に出席したとしても、整理整頓ができていないせいで名刺をなくしてしまったら意味がない。結果を出せない本当の原因は、一見、成績とは直接関係がなさそうな、ふだんの仕事ぶりの中に潜んでいると考えたほうがいい。

見た目のいい派手な部分ばかりに気を取られて、足元の基本的なことをないがしろにしてはダメ。大きな結果が残せる人は、細かいところにもきちんと緊張感を持って取り組んでいます。

もう一度、自分の行動や身の回りをチェックしてみてください。自分でも気づかないうちに気持ちが緩んで、スキを作っていないか。本当の勝負はそこから始まっているんです。

2 部下が使えないのか、部下を使えないのか

地方での講演を終えて、東京駅に戻ってきたときの話です。予定より20分早い新幹線で帰れたので、「いま東京駅でタクシーに乗ったところだ」と事務所のスタッフに連絡を入れました。すると、電話に出た者は「はい、わかりました」と、受話器を置こうとした。

この反応に僕は激怒。

「戦場なら撃たれて死んでいるぞ！」

僕はスタッフを叱り、反省文を書かせることにしました。なぜ叱ったのか、みなさんはその理由がわかりますか？

それは、「わかりました」と言うだけでは、場面や状況によっては不十分だからです。冒頭の僕の場合は、わかったのなら次に何をすべきか、その先を読んだひと言がほしかった。

仕事がデキるスタッフなら、時間に正確な僕が予定よりも早く帰ることに疑問を抱き、「スケジュールより20分ほど早いですね。何か用意しておくことはありますか?」あるいは「このあとのスケジュールに何か変更はありますか?」と、質問を返したでしょう。

ジャーナリズムやビジネスという戦場で生き残るには、このように瞬時に状況を判断して反応する力が不可欠です。

スピードについていけなければ淘汰されてしまうわけですから、「わかった」などと、何がわかったのか曖昧な返事をしているようではダメなんです。

この程度のことに反省文は厳しすぎると思うかもしれません。しかし、うちの事務所では単純な作業ミスでも始末書を書かせます。たとえ言われたことを100%こなしていても、プラスアルファの好奇心や積極性がなければズバズバ、ダメ出しもします。

部下をダメにする上司のひと言、部下の力を伸ばすひと言

最近は、部下や後輩に嫌われることを恐れて厳しく注意しない上司が増えていますが、目下を甘やかすやり方で優秀な人材を育成するのは困難です。第一、本人たちのためになりません。若手を一人前に育てたいなら、ある種の厳しさは絶対に必要です。

とはいえ、いまの10代や20代は、厳しく注意すると逆ギレし、かえってギクシャクする場合が多いようです。彼らは、注意されると自分の存在のすべてを否定されたように受け取る傾向があり、防衛本能が過剰に反応してしまうんです。

親に叱られ慣れていないために、ちょっと言われただけで深く傷ついてしまう。そして、自分を守るためにキレてしまう。「オレたちが若い頃は、怒鳴られるのが普通だった」などと、古い時代の価値観を押しつけてもうまくはいきません。目上は、それを踏まえたうえで育成方法を考えるべきでしょう。

まず心得ておきたいのは、注意した内容が相手の成長に結びついているかどうかです。たとえば、よくありがちな「おまえ、こんなことも知らないのか」「ものを知らないな〜」は、それで終わっては部下をダメにします。

もう一歩踏み込んで「この本を読むとためになる」とか、「こんな勉強をするといい」というように、具体的なアドバイスも添えることが大事です。本来は部下のほうが考えるべきことですが、自分を守るのに精いっぱいの相手には、これくらいのサジェスチョンをしてあげないと聞く耳を持ってくれません。

「部下が使えない」のか、「部下を使えない」のか

もう一つ重要なのは、注意すると同時に、仕事の楽しさを伝えてやること。どんな有益なアドバイスも、部下が受け身で仕事をしている限り、その心にはなかなか響きません。むしろ〝やらされている感〟を助長し、かえって拒絶される恐れもあります。これを防ぐには、「こうやれば仕事が面白くなるよ」と教えてやり、彼らが主体的に仕事に取り組むように導けばいいんです。

営業成績が伸び悩んで、やる気を失っている部下に「ノルマが達成できないから、もっと頑張れ」とか、「営業方法に工夫が足りない」と言っても逆効果。たとえそれが正論であっても、「頭ではわかっているけど、自分にはできないから困っているんです！」と反論されるのがオチです。

部下に教えるべきことは、技術や考え方以上に仕事の面白さだと僕は思っています。ただ、それを伝えるためには、自分が仕事を楽しんでいないとウソになります。自分がつまらない顔で働いているのに、人に面白がれと言っても真実味がありません。目下を指導するには、まず自分が仕事に喜びや楽しさを見出し、実践することが大切。

みなさんは仕事を楽しんでいますか？

仕事帰りに部下を引き連れて居酒屋に行き、会社や仕事に対する不満や愚痴をこぼしていませんか？

それでは、どんなに立派な指導をしたところで説得力はゼロ。部下や後輩がついてくるはずがありません。

人を育てたいなら、まず自分が積極的に仕事を楽しむこと。部下というものは、上司のそうした後ろ姿を見て育つものなんです。仕事に対する意識も、たいていは上司の意識が部下に反映されています。上司が仕事を面白がっていれば、自然に部下もその姿勢をマネるもの。「あいつは仕事がデキない」と嘆く前に、まず自分の後ろ姿が部下にどう映っているのか、そこを考えてみてはどうですか？

3 〃信頼に足る〃人の見極め方

中学生の頃、印象深い数学の先生がいました。ふだんは滅多なことでは怒らないのに、生徒がひと言でも言い訳すると、平手打ちをくらわせる。昔は体罰が当たり前でしたが、それにしても、なぜ言い訳に厳しかったのか？　当時の僕は不思議でなりませんでした。

『空気と戦争』（文春新書）の執筆中、現在85歳になるその恩師と久しぶりに連絡を取りました。戦時中、海軍にいた先生に、当時の資料を借りるためです。どっさりと送られてきた資料の中には、軍隊の同窓会の会報誌もあった。そこに寄せた先生の投稿を読んで、45年前の謎が解けました。

先生は、海軍の予備学生となり、少尉になる試験を受けました。試験の前には、全員で行進や整列の教練をする。そこで先生は緊張して、右向け右の号令がかかったときに一人だけ左を向いてしまった。面接試験でそこを突かれた。正直に「間違えたのであります！」

と謝ったものの、重要な場面での大失態。自分は不合格だと思い込み、すっかり落ち込んだそうです。ところが、結果は合格。あとで上官に尋ねたところ、「君は言い訳をしなかったから合格したんだ」と言われたとか。

この話を読んで僕は合点がいきました。戦場でのミスは命取りです。ミスの言い訳をして失敗の責任逃れをするような人に、大切な兵の命を預けるわけにはいきません。

人生も同じです。たとえ失敗しても、言い訳をせずに真正面から責任を引き受けてこそ、頼られる存在になる。先生の平手打ちには、そんな思いが込められていたに違いありません。

なぜニコニコしている人は信用できないのか

この教訓は、ビジネスにも通じるものがあります。売り上げが伸びない原因を部下になすりつける人に、大切な仕事を任せられるのか。あるいは不祥事をごまかそうとする企業を消費者は信用するのか。答えはノーです。相手から信頼されるかどうかは、失敗そのものより、その後の態度です。

では逆に、信用できる人をどうやって見抜けばいいのか。僕が意識して見るのは相手の表情です。いつもニコニコしている人は要注意です。人間は楽しいときに笑い、腹を立てれば怒るもの。時と場合によって表情が変化するのが普通です。

ところが、いつでも笑顔の人は表情が豊かなように見えて、じつは表情がない。

いわば笑顔の仮面をつけているようなもの。表情を隠すのは、腹の中にあるものにフタをして、当たり障りのないコミュニケーションをしようとしているから。本音で交わろうとしない人は信用できません。

また、無責任な人も顔を見ればわかる。決断には葛藤がつきものです。あちらを立てればこちらが立たずで、難しい局面での決断ほど批判が出る。それでもあえて自分の責任で決断を下すからこそ、その覚悟が顔に刻まれていく。「男の顔は履歴書だ」と言ったのは大宅壮一ですが、まさにその通り。決断の回数は、顔に表れるのです。

そうやって厳しい目で見ていくと、信用に足る人物は、ほんのひと握りしかいないことに気づきます。僕もさまざまな相手と仕事をしますが、残念ながら心から信頼できるのは10人に1人いるかいないかでしょう。

ただ、信頼できる人がたった1人でもいれば、これほど心強いことはない。

バッシングのさなかに僕を励ましてくれた恩人

十数年前、あるテレビ局のプロデューサーが企画した日曜夜のニュース番組に出演していました。現在は土曜夜のニュース番組が定着していますが、当時は時期尚早だったのか、視聴率が悪くて番組は半年で打ち切りになった。プロデューサーは社内でさんざん批判されたはずです。でも、彼は泣き言を口にしなかった。その姿を見て、この男とはずっとつき合っていけると思いました。

道路公団民営化で僕がいわれなきバッシングを受けていたとき、彼から連絡があり、久しぶりに会うことになりました。そのとき、彼は僕に西郷隆盛の『南洲翁遺訓』をそっと手渡した。そこには次のような一節が書いてありました。

「道を行ふ者は、天下挙《こぞっ》て毀《そし》るも足らざるとせず、天下挙て誉《ほむ》るも足れりとせざるは、自ら信ずるの厚きが故也」

天から与えられた道を行う者は、世間が誹《そし》ろうが誹り切れるものではなく、世間が誉めても誉め切れるものではない。それは自分の信念が厚いからだ、という意味です。周りは敵だらけで孤軍奮闘を強いられていただけに、この言葉には本当に元気づけられました。

逆境に陥ると、人は手の平を返したように離れていきます。しかし、そんなとき味方が

1人でもいれば、勇気づけられます。

信頼に足る人を得るには、自分がまず信頼される存在になることです。そのためには、たとえ最初は会社名や肩書に寄ってきた人であっても、本音でぶつかること。そして、自分の言動に責任を持つ。それを心がけていれば自然に人脈が淘汰され、苦境のときでも支えてくれる人だけが残るはずです。

4　〝人をもてなす〟ということ

みなさんは大切な人を接待するとき、どのような店に招待するだろうか。町の居酒屋とは値段がひと桁違う高級料理店で豪勢な食事をごちそうすれば、相手はきっと喜ぶはず。そう信じている人は多いかもしれません。

しかし、お金をかければいい接待ができるとは限らない。相手の気持ちを忖度《そんたく》した心からのもてなしが大切なのです。地方へ仕事に出かけると、担当者が仕事後の宴席までセッティングしてくれるケースがあります。本当なら感謝すべきところでしょう。ただ、正直に言うと、仕事のあとは頭も体もクタクタに疲れていて、ごちそうより静かな時間がほしい。

気の利く人は、僕のそんな気配を察して、一人で食事ができる小さな居酒屋を紹介してくれます。でも、このような細かな心配りができる人は、ごく一部。たいていは地元の有名店に連れて行かれて、愛想笑いに囲まれながら食事をするハメになります。

高級料理やホメ言葉よりも相手の心に響く接待とは

なぜ、このようなカン違いの接待が横行しているのか。それは相手のためではなく、仕事として接待をしているからでしょう。とにかく高いお店に連れて行けば、自分の責任を果たしたことになる。そう考えているから、相手が本当に何を望んでいるのかに関心を払わず、形式的な接待に終始する。

その結果、もてなすつもりが、逆に相手をシラケさせてしまう。相手が自分に関心を持っているかどうかは、会話をすればすぐにわかります。形だけ整えて満足している人は、表面的な話題ばかりで中身が何もありません。

一方、心のこもった接待ができる人は、少なくとも僕の本を読んできて、その人なりの感想を教えてくれます。作家にとって、自分の本を読んでくれることほどうれしいことはない。「講演が素晴らしかった」という当たり障りのないホメ言葉ならも誰でも言えます。それよりも、実際に本を買って読むというアクションを起こしてくれたほうが、何倍も誠意が伝わってきます。

余談ですが、石原慎太郎都知事から副知事就任の打診を受けたとき、石原さんは僕の作品の一つ『ペルソナ』（文春文庫）について、作家の目で感想を熱く語ってくれた。そこで心のやりとりができたからこそ、副知事就任という仕事の話も胸襟《きょうきん》を開いて耳を傾けることができました。石原さんは、もてなしの本質をよく知っていたのです。

作家の場合は本ですが、ビジネスマンが相手なら、先方が扱う商品やサービスを実際に買って使うことが相手を喜ばせることにつながります。たとえ相手が自分の会社や仕事に不満を抱えていても、自分たちが苦労して生み出した商品やサービスは愛しいもの。それをホメられて気を悪くする人はいません。

相手が扱っているのが企業向けの商品だったり、個人では高くて買えないものだったら、情報を集めることで相手への関心を示してもいい。本当に相手に興味があったら、新聞や雑誌を読んでいても、関係のある情報が自然に目に飛び込んできます。それを接待の場で話題にするだけでも、もてなしの気持ちが伝わるはずです。

いずれにしても、高級店に連れて行けばいいという安直な考えは間違い。相手が喜ぶことは何か。それを行動で示すことが、本当のもてなしです。

逆に自分がもてなしを受けた場合はどうか。僕が心がけているのは、「ありがとうにはありがとうで返す」ことです。

作家をやっていると、毎日いろいろな方から著書が贈られてきます。ときには、まったく面識のない作家やジャーナリストからいただくこともある。その場合も、僕は必ず自分の本を贈り返します。

たとえ知らない相手でも、わざわざ自腹で本を贈ってくれたのだから、こちらも自腹で本を贈ってその思いに応える。考えてみれば、当たり前の礼儀です。

ところが、出世して接待を受ける立場になったとたん、感謝の気持ちを忘れて、何かしてもらうのが当然だと考える人が少なくない。そんな態度では、いつかその立場から転げ落ちたとき、手の平を返したような扱いを受けるでしょう。

早く出せば1行ですむ、という大原則

別に高価なものを贈ったり、仕事で便宜を図る必要はありません。礼状を送るだけでも、感謝の気持ちは十分に伝えられるはずです。それで相手が不満に思うなら、下心のある接待だったと判断すればいい。見返りを期待するのは本当の意味でのもてなしではないのだから、無視したってかまいません。

ちなみに礼状は、翌日にすぐ出すのがコツです。1日後ならお礼はハガキに1行ですみますが、10日後になると、お礼が遅れた理由も含めて10行は書かないと誠意が伝わらない。送るのが遅くなるほど書くべき行数も増えていくので、送るなら1日でも早くすべきです。

接待する側も、接待を受ける側も、大切なのは心をどう表現するかということ。それを忘れた接待は、お互いに寒々しい気持ちになるだけです。逆に言えば、心のこもったもてなしができれば、利害を超えた本当の信頼関係を築けるんじゃないかな。

5 中間管理職は〝パイプ役〟じゃなく〝ビス役〟だ

上司は意見をコロコロと変え、部下は「トップは現場のことを何もわかっていない」と反発する。そんな板挟みの毎日に神経をすり減らしている人も多いのでは？

日本の企業では、上と下の意見を調整して組織を円滑に運営することが、中間管理職の役割だと考えられています。実際、衝突を避けるために、誰にでも頭を下げられる調整型のパイプ役が出世する傾向があります。

それを象徴する一流企業の社長を知っています。彼は僕より年上なので、すれ違うときにはこちらからおじぎをするのがマナー。

しかし、彼はいつ会っても必ず僕より先に頭を下げる。これでは年下の僕が礼を欠くことになると思い、「次こそは先に」と心がけるものの、次に会ったときには、彼は100メートル前方から僕を見つけ、深々とおじぎをする。いつか彼より早く頭を下げたいと思っていますが、いまのところ連戦連敗。なかなかリベンジできずに困っています（笑）。

　このように、誰よりも先に頭を下げられるレベルまで極めれば、ゴマすりも立派なスキルです。おそらく彼は、中間管理職の時代からひたすら頭を下げて、上司と部下が衝突したときも間に入って取りなしてきたのでしょう。その結果、社長にまで昇りつめたのでは、と想像がつきます。

たとえ成果が出なくても、ココが揺るがなければいい

　頭を下げることを否定はしませんが、僕が組織の中で中間管理職に求めるのは、彼のような調整型の〝パイプ役〟ではなく、組織のブレを防ぐ〝ビス役〟です。上司が方針を二転三転させたり、部下がそれぞれ勝手なことをすると、方向性がブレてしまう。それを防ぐために真ん中で踏ん張るのが、課長や係長の役割だと思います。

　そもそも上司や部下がブレるのは、なぜか？　それは日本社会に妙な100点主義があるからです。たとえば新しいプロジェクトをやっても、必ず100点の結果が出るとは限りません。

　困難な状況を打破するために新しいプロジェクトを始めるケースが多いのだから、失敗

する確率のほうが高く、70点でも取れれば上出来です。

にもかかわらず、悪意のある人たちは足りない30点に目をつけ、難癖をつける。それに上司や部下が影響されて右往左往してしまうのです。

トップの方針と現場の事情の両方に精通する中間管理職が、一緒になってブレていては、会社はまともに機能しません。そこでいかに冷静になって、ビス役としてブレをなくすことができるか。中間管理職に求められるのは、その力量です。

では、優秀なビス役になるにはどうすればいいか？

まず大切なのは、周りの影響を受けやすい上司に、先手を打って数字を報告することです。プロジェクトの方向性が間違っていないのなら、それを裏づける数字が必ずどこかに表れています。たとえば売り上げがまだ出ていなくても、「バイヤーからの問い合わせが○件増えた」「このエリアではシェア1位になった」というように、目標達成の兆しになるデータがあるはずです。

それらを活用して上司の不安を取り除いてやれば、そう簡単に揺るがなくなります。

上司から「方向性は間違っていない。具体的なことはキミに任せた」と言ってもらえば、部下の行動もコントロールしやすくなります。もともと部下が不満を抱くのは、上司が根拠もなく方針を変えるから。大元のところが揺るがなければ、部下も安心して仕事に取り組めるものです。

人は裏切って当たり前。だから……

問題は、それでも方針に従わない部下ですが、これはどこかで見切りをつけるしかありません。何度注意しても足を引っ張るような部下は、初めからプロジェクトに影響が出ないような仕事を割り当てるべき。それで本人が反省しないのなら切るしかない。

もう一つ、みなさんに心がけてほしいのは、悪口に強くなることです。周りは70点でも悪口を言うのだから、それを気にするのはバカらしい。

もう20年前になりますが、文芸評論家の江藤淳氏が、僕との対談の中で人間関係についてこう語っていました。

「どんな親しい友人でもお互いに裏切りつつ付き合っているのかもしれない。友人であるということは、後ろを向いたときに刀で刺さないというだけの意味だと僕は思っています」

このシビアな関係はビジネスでも同じです。部外者はもちろん、昨日まで自分に賛成してくれていた上司や部下が、あっさりと裏切るなんてよくあること。そこでいちいちヘコんでいては、仕事になりません。

悪口を言われるのは、気持ちのいいことではないかもしれません。しかし、周りの顔色を窺うパイプ役と組織の舵取りをするビス役では、どちらが有意義か。僕なら、迷うことなく後者を選びます。

上司と部下の板挟みで気を使うより、むしろ自分が上司や部下を引っ張っていく。その意識を持って臨めば、中間管理職というポジションはきっと面白くなるはずです。

6 新しい環境でいち早く人間関係を築く近道

転職や異動で新しい環境に飛び込んだものの、周囲の協力が得られず、自分の実力を発揮できない。そんな悩みを抱えている人は多いかもしれません。

2007年に副知事になって3年半がたちますが、僕にとって都庁は未知の職場でした。石原都知事から求められた役割は、硬直しがちな役所の世界に新しい風を吹き込むこと。いわば異分子として乗り込んだため、都庁の中で浮いてしまう可能性は十分にありました。

いったいどうやって、周りとの協力関係を取りつけたと思いますか？

じつは副知事への就任が決まって真っ先にやったのは、他の副知事の年齢を調べることでした。当時、東京都には副知事が僕を含めて4人いて、立場は全員同列です。しかし、与えられた職責と年長者への敬意は別。もし他の副知事が僕より年長なら、年少者として礼を失することのないように気を配る必要があります（結果的に僕が最年長と判明し、年齢のうえでの心配はなくなりました)。

実力主義の時代なのに、年次なんて気にしていられないと言う人もいるでしょう。が、それは間違い。〝人たらし〟の名人と言われた田中角栄元総理は、官僚の入省年次をすべて暗記していたといいます。わざわざ年次を覚えたのは、官僚に気分よく働いてもらうため。それが結果的に、自分への協力を引き出すことを知っていたからです。

たとえ実力社会であっても、無視してはいけないもの

年次を気にするのは、サラリーマンも同じ。欧米の企業はさみだれ式に社員が入社するため年次の意識が希薄ですが、日本企業は毎年4月に一斉に入社する。否が応でも年次の意識が芽生えます。実力主義を標榜している会社でも、それを無視して振る舞えば、思わぬところで足元をすくわれます。不用意に放ったひと言で「あいつはナマイキだ」と判断されないよう、くれぐれも注意すべきでしょう。

また、年次に関係なく、自分から積極的に声をかけることも大切。新しい職場で信頼関係を築くにはコミュニケーションが必要不可欠ですが、その機会を待っていてはダメ。まずこちらから働きかけないと、相手も自分に関心を持ってくれません。

ただし、仲よくしようと思って親しみやすいキャラを演じるのは逆効果です。無理して自分を作ると、相手は「こいつはホンネで話していないな」と敏感に感じ取り、かえって壁ができてしまいます。大切なのは、自然体。素《す》の自分を見せてこそ、相手も胸襟を開いてくれます。

僕は副知事になった直後、他の副知事3人を自分から食事に誘いました。最初は他の副知事たちも警戒したかもしれませんが、飾らずにホンネで話していたら、すぐに打ちとけることができた。信頼関係を築くのに小細工は不要。あくまで直球勝負です。

「～と思います」と「～です」

新しい環境に早くなじむには、職場のルールを知ることも重要です。転職して前の会社のやり方で仕事をしていたら周囲のひんしゅくを買った、という失敗談をよく聞きますが、これも職場のルールを無視したため。

やはり〝郷に入っては郷に従え〟が基本です。ただ、現実問題として、一から十まで職場のルールを質問して確認するわけにもいきません。そこで意識したいのが、トップの価値観です。

社長の価値観は職場の隅々に行き渡っています。たとえば社長が厳格な会社なら、オフィスも整理整頓が第一で、書類ひとつ出しっ放しにしているだけで怒られるかもしれません。

ちなみに僕の事務所では、「〜と思います」という自分の意見と、「〜です」という客観的事実は明確に分けるよう、しつこいほど話し方を徹底させています。主観や偏見に惑わされては、問題の本質を見誤る可能性があるからです。事実を分析するうえで、思い込みは非常に危険。最初は戸惑うスタッフも多いですが、僕が何を重視しているのかを理解すると、自然に語尾を慎重にするようになります。

いずれにしても、トップは会社の鏡。ルールがよくわからなければ、まずトップを見る。それによって職場で大切にすべきものも見えてくるはずです。

ここまで職場になじむ方法をいろいろと紹介してきましたが、もっとも有効な方法が一つあります。それはいち早く結果を出すこと。

多くの人はまず職場になじみ、協力してもらえる態勢を整えてから、結果を出そうとします。しかし、本来は逆。結果を出す人材だからこそ、周りも力を貸してくれるのです。しばらく様子見をして、1年間かけて結果を出そうという考えは甘い。様子見している間に、周りはあなたに見切りをつけます。

勝負は最初の1週間から1か月。その間に売り上げでも企画の提案でも、とにかく形のあるものを一発打ち上げて、自分の実力を知ってもらう。それが協力を取りつける最善の方法です。

V

いくら稼いだかなんて、二流の発想

――「人生」と「仕事」の究極の目的の章

1　ネットの〝いかがわしさ〟に未来あり

みなさんは「炎上」という言葉をご存じだろうか。先日、知人から「ブログが炎上して大変だ」というメールが届きました。炎上といっても、建物が燃えることではありません。最近では、インターネットのサイトやブログに悪意のある書き込みが殺到して、収拾がつかなくなることを炎上と呼ぶらしい。この話を聞いて、インターネットというツールが持つ負の一面を見た気がしました。

もちろんインターネットも悪いことばかりではありません。先日、うちのスタッフの友人の女性が、ネット上で知り合った男性と結婚することになりました。結婚情報サイトで知り合って、チャットやメールでコミュニケーションを深めていったそうです。

ネット社会の悪い部分ばかりが報道されますが、彼女のようにインターネットによって幸せをつかんだ人もいる。

正直に言うと、ブログに悪意のある書き込みをする人の気持ちも、バーチャルで結婚相手を見つける人の気持ちも、僕たちの世代にはよくわかりません。

でも、だからといって若い人たちの考え方を頭ごなしに否定はしません。次の時代を切り拓く新しいパワーは、それまでの価値観では測れないところから生まれてくるからです。だから、拒絶して押さえつけるのではなく、その中から何が生まれてくるのかを冷静に見極めるべきだと思っています。

新しいものを生み出すパワーは、従来の常識や価値基準では理解されないものです。たとえば幕末の志士たちもそうでした。彼らは「横議横行」といって、脱藩して他の藩の志士たちと議論を交わした。江戸時代は幕藩体制で、藩が一つの国のようなものだったから、藩の許可なく自由に行き来して勝手に他の藩士と議論することは許されません。横議横行がいまだに悪い意味として使われるのは、語源が当時の一般常識に基づいているからです。

しかし、横議横行によって新しいネットワークが作られ、藩単位で考えるのではなくて、日本という国をどうすべきなのかという議論が深まり、それが明治維新へとつながっていった。

坂本龍馬や高杉晋作は命がけで脱藩しましたが、彼らが横議横行は悪いことだからと、藩の中にとどまっていたら、時代は動かなかったかもしれません。

ネットに踊らされる民衆になるか、それとも……

いまのネット社会を幕末にたとえるなら、「ええじゃないか」のようなものでしょう。ええじゃないかは、お伊勢参りにかこつけて集団で大騒ぎする、何でもありの民衆運動でした。インターネットの世界では、誰かのブログを面白半分に炎上させることを「祭り」と表現することもあるそうですが、その騒ぎ方はまさに、ええじゃないかそのものです。

ただ、ええじゃないかの狂乱がもたらしたカオスの中から新しい時代を作るパワーが生まれたように、インターネットも、狂乱の中から次の時代へとつながる何かが生まれてくる可能性がある。それまでの価値観で善し悪しを判断して、「インターネットはいかがわしい」と避けているだけでは、前には進めない。正面から向き合わざるを得ないんです。

とはいえ、一緒になってただ騒いでいるだけでもダメ。大切なのは、時代に流されるのではなく、その流れの中から自ら何かを見つけ出して、新しい価値を創造していくこと。明治維新の志士になるのか、それとも憂さ晴らしで満足する民衆のままで終わるのか。それは自分しだい。

ビジネスチャンスはつねに〝その先〟にある

時代を読んで自ら新しいものを生み出していく力は、ビジネスマンには絶対に必要です。

僕が子供の頃は、小売といえば専門店が当たり前でした。野菜は八百屋さんで買うし、服は服屋さんで買いました。ところが、いつのまにかスーパーマーケットができて、野菜も衣料も同じ店で売るようになった。しかも大量に仕入れるから、スーパーのほうが価格は安い。周囲の専門店がつぶれていくのも時間の問題でした。

ただ、一部の専門店は新しい消費スタイルにいち早く反応して、スーパーマーケットに業態を切り替えた。ダイエーは薬屋から出発したし、イトーヨーカドーはもともと洋品店です。専門店が淘汰されていく時代にあっても、経営者が時代の流れを読む力を持っていた会社は、逆に売り上げを伸ばしたんです。

そのスーパーマーケットも、すでにコンビニに主役の座を奪われています。深夜に買い物する客なんていないという古い常識に縛られているうちに、消費者のライフスタイルが大きく変化して、あっと言うまに主役の座から転落してしまった。さらに言えば、いまやコンビニという業態も頭打ちになり、オンラインショッピングに脅かされている。時代は絶えず動き続けるのだから、つねに新しいうねりを感じ取って先手を打たないといけません。

これからのビジネスマンは、時代の流れの中に身を置きながらも、潮流の方向性、全体像を見て冷静に判断する目を養わなくてはいけません。

ビジネスチャンスは、つねに時代の一歩先にあります。それを見通せるかどうかで、キミの人生は大きく変わってくるんじゃないかな。

2 いくら稼いだかなんて、二流の発想

僕が西麻布に事務所を構えたのは1980年代です。西麻布というと華やかなイメージがありますが、もともとこのあたりは「笄町《こうがい》」という名前で呼ばれていて、いまでも裏通りに入ると夜は本当に静か。古くからの住民が多く住んでいて、地域の結びつきも強く残っています。

この地域では、住民がボランティアで夜の見回りをしています。週に1回、町内会の有志が拍子木を打ち鳴らしながら約1時間、防火や防犯のために路地裏をくまなく回る。夜は無人になる建物や公園の茂みを調べたり、道端のゴミを拾ったり。門が半開きになっている家があれば、空き巣に狙われないよう、閉めてくれたりもする。六本木のすぐ近くにありながら、住民の地道な活動が実を結んでいるんです。

だから「いつもお世話になっている地域のために、うちの事務所も協力しなくては……」

と思っていたところに、ちょうど拍子木が聞こえてきた。そこで、事務所の中で一番若いスタッフを走らせ、お願いして次回から参加させてもらうことにしました。

参加当夜、帰ってきたスタッフが言うには、集合場所に長老的なおじいさんが顔見せに来たり、おかみさんがお茶をいれに来たりして、地域の人たちの絆を感じたそうです。

どうしてこんな話をするのか。それは、みなさんに「公共性」について考えてほしかったからです。

公共性には二つの種類があります。一つは行政が担う公共性。たとえば、ゴミを指定の場所に出すと回収してくれたり、おまわりさんが町内を巡回するといったものを指します。これは、私たちが納めた税金の対価として受けられる公共サービスです。

もう一つは、共同体の人たちが自主的に行うボランティアとしての公共性です。町内会による見回りや、雪の多い地域で行政の手が回らない歩道を雪かきするといった行動もそうです。

残念ながら、こうした無償の公共性は希薄になりつつあります。「タダで労力を提供するなんて、メンドくさい」といった考えが広まると、いっそう行政が肥大化します。役所は人を雇うため、借金がかさみ、増税へと悪循環に陥るのです。

小さな貢献が、やがて大きな利益となって返ってくる

じつは公共の意識を持つことは、ビジネスにおいても大事なんです。自分一人がよければ、あとはどうでもいいという姿勢では絶対に成功しないからです。

最近は能力主義を標榜する企業が増えているせいか、自分の成績を上げることだけに躍起になっているビジネスマンが多いと聞きます。もちろん個人の成績を上げることは大切です。でも、それに固執すると、同僚の足を引っ張ったり、道義的に許されないやり方をしたりして、結果的には自分で自分の首を絞めてしまうことになる。これでは本末転倒です。

一方、デキる人はたいてい「みんなの役に立ちたい」とか「社会に貢献したい」という意識を持っているものです。

いまほどリサイクルに対する企業の意識が高くなかった頃の話です。あるスーパーの店長が、刺身や惣菜のプラスチック容器をリサイクルしようと回収ボックスを店に置き始めました。

最初は部下から「仕事を増やすな」と陰口を叩かれたそうですが、彼が環境問題を真剣

に考えていることを説明すると、周囲も協力するようになり、やがてお客さんも他店で買った容器をわざわざ回収ボックスに入れに来るようになりました。その結果、集客数が増え、店の売り上げもアップしたといいます。

彼が、自分の店の売り上げや個人の成績だけを考えていたら、おそらく回収ボックスを置くという発想はしなかったはずです。社会への貢献を強く意識していたからこそ、多くの人の賛同を得て、それが最終的には彼自身の評価にもつながったんです。

このように、一見遠回りだけれども、公共性から発想を始めたほうが利益を生むケースもあるのです。

はたして、みなさんは自分のふだんの行動を振り返って、公共性を大事にしていると胸を張って言えますか？

ビジネスマンとして、会社のため、業界のため、そして社会のためにできることはいろいろあるはずです。たとえば飲食店に勤めている人なら、自分の店の前だけじゃなく、近隣の道も掃除する。営業マンなら、自分が担当している地域を盛り上げるために、お祭りや行事に参加する。それも立派な社会貢献です。

直接、利益にならないからといって、そうした小さな貢献をないがしろにしているうちは、周囲から認められる人間にはなれません。

目先のメリットを追うのではなく、視野をもっと広く持って、周りとオールウィンの関係を築いていく。弱肉強食の時代だからこそ、それを意識した人が、長い目で見たら残っていくと思いますよ。

3 人生には〝なくしてはいけない無駄〟がある

忙しいビジネスマンにとって、限られた時間をいかに有効に使うかは重要なテーマ。おそらくみなさんも、効率アップを目指して時間の無駄をなくすためにいろいろな工夫をしているでしょう。ただ、すべてにわたって効率最優先という人は要注意。時間には、「なくすべき無駄」と「なくしてはいけない無駄」があります。この二つの違いを無視して何でも排除していると、長い目で見たとき、かえって仕事人生をダメにする恐れがあります。

なくすべき時間の無駄はたくさんあります。たとえば会食の時間。会食は人脈を広げたり情報交換するのに有効ですが、話がはずんだときほど時がたつのを忘れ、長居をしてしまいます。

僕はダラダラとした会食を防ぐために、帰る予定時刻の30分前に話の締めに入ることを意識しています。早めに場をクールダウンさせれば、たいていは予定通りの時刻に切り上げられる。ギリギリになって、いきなり「次の予定があるので」と言って席を立つより、相手の印象もいいはずです。

　聞きたかった情報をその時点で入手していなければ、残りの30分で聞き出せるよう話を運ぶこともできます。「楽しくて肝心なことを聞き忘れた」とか「あとで返事が聞けると思っていたら、相手が突然帰ってしまった」という失敗をよく聞きますが、目的を果たせなければ、会食自体が大きな無駄になる。それを避けるためにも、30分前の締めを心がけるべきです。

　他には、アポイントの入れ方も気をつけたいところです。アポの予定が散らばっていると、そのたびにウォーミングアップとクールダウンを繰り返すことになりますが、これが積み重なると大きな無駄になる。なるべく同じ日の近い時間帯に固めれば、テンションを維持したまま一気に予定をこなせます。相手の都合があるのですべて思い通りにはいきませんが、自分でコントロールしたいという意識を持つだけでもかなり違うはずです。

　これはアポ以外の作業も同じ。似たような種類の仕事はひとかたまりにしてスケジュールを組むと、集中力が持続して効率的に予定をこなせます。

誰もが気づかずにやっている〝人生最大の無駄〟とは

一方「なくしてはいけない無駄」は何か。

わかりやすいのは睡眠時間です。忙しいと、つい睡眠時間を削ってカバーしがちです。しかし、睡眠は脳をリフレッシュさせるために必要な時間。ムリを続けると頭の回転が鈍くなり、かえって効率が落ちます。個人差はありますが、僕の場合、8時間寝ないと頭がシャープに働きません。

日によっては、残業を強いられて睡眠を削らざるを得ないケースがあるかもしれません。その場合は、翌日や週末に多めに睡眠時間を取って調整すればいい。睡眠は、貯金はできないが借金は返せる。1週間のうちに足りないぶんを補うよう調整することが大切です。

また、なくしてはいけない無駄の中でとくに意識してほしいのは、「新しいことへのチャレンジ」です。従来と違うことを試すと、結果が出なかったり、手間や時間が余計にかかったりします。でも、それは意味のある無駄ですから、排除してはいけません。

新しいことへの挑戦をやめるとマンネリや停滞を招き、モチベーションを低下させます。いつもと同じ風景、いつもと同じ人、いつもと同じ仕事の進め方。たとえそれが効率的で正しいことであっても、何も変化がなければ、しだいに飽きがきてパフォーマンスは落ちていくのです。

また、同じことを繰り返しているだけでは経験も増えません。経験が増えなければ成長もストップします。だから長いスパンで考えれば、新しいことにチャレンジしなくなり、足踏みすることこそが本当の無駄なのです。

〝いつもと違う何か〟をつねに意識しよう

先日、長野県松本市まで講演に行ったときの話です。東京から松本までは、特急あずさに乗ると早くて便利です。しかし、今回はあえて自分で車を運転していきました。

ただ、帰りは連休最終日に当たっていたため、上りの高速は大渋滞で、所要時間表示には「大月から八王子まで3時間」との文字が。最終的に高速を降りて抜け道を走ったので渋滞に巻き込まれずにすみましたが、危うく大失敗するところでした。

僕が特急より時間がかかる車を選んだ目的は何か。それはいつもと違う移動手段を選ぶことで、見慣れた車窓の風景とは違う新しい何かと出会うためです。つまり、意識して意味のある無駄を試したわけです。

また、松本では以前から気になっていた喫茶店に寄り道しました。コーヒーを飲むだけなら、ファストフードのドライブスルーで十分。わざわざ事前にインターネットで調べてまで寄り道したのは、経験を広げて刺激を受けたかったからです。僕にとっては、これも小さなチャレンジの一つ。

効率を追い求めるあまり、こうしたチャレンジまで削ってしまうと、人生はやせ細る一方です。それは仕事においても同じ。無駄をなくすことは大切ですが、無駄を恐れて新しいことへの挑戦までやめてしまうと、永遠に進歩しないままです。

ときには、あえて時間を無駄にしてもいい。たとえそのときには意義を感じられなくても、マンネリから脱して自分の経験の幅を広げることができれば、それは必ず将来の糧になるはずです。

4 「こんなものでいいか」か「そこまでやるか」か

２００８年11月、イランの首都テヘランで開催された「アジア首長フォーラム」に出席してきました。現地で東京都の環境への取り組みをアピールしましたが、唯一、予定通りにいかなかったことがあります。

東京の街を紹介する映像を会場で流そうと考えていたのですが、ある事情で放映できませんでした。

なぜダメだったのか。原因は、映像に登場する女性の服装でした。ミニスカートは日本ではごく普通のファッションですが、イランは敬虔なイスラム教国。腕や脚をあらわにした女性の映像を公の場で流すのは、タブーだったのです。

イランの女性はみんなスカーフを頭に巻いています。服装も、脚が見えるスカートは不可。たいていはゆったりしたパンツか、チャドルと呼ばれる黒いマントで体を隠します。

性的な想像をさせるものは、一切許されません。

イランでこうしたタブーを目の当たりにして、なんて不自由なんだろうと思いました。でも翻って、モラルもマナーも崩壊しつつある日本の実情を考えると、タブーはあってもいいんじゃないかと思い直したのです。

かつては、日本にもタブーがありました。しかし、戦後ＧＨＱがやってきて、自由と引き換えに伝統を破壊してしまった。

その結果、いまでは、パンツからお尻を半分ハミ出した〝半ケツ〟姿で街を歩く女性も珍しくなくなった。場所や時間帯を考えればよいのですが、これを手放しで喜んでいいかは疑問です。

どんなに追い詰められても、踏みとどまるべき一線とは

タブーの根源には、神や自然といった超越的な存在への畏れがあります。わかりやすく言うなら、「お天道様が見ている」という感覚です。

それが失われると〝なんでもあり〟の混沌とした社会になってしまう。

どうしてこんな話をしたのか。それはビジネスにも畏れの感覚が不可欠だからです。

畏れを失うと、あとで必ずしっぺ返しがきます。食品の偽装問題がいい例。詐欺や不正でウマい汁を吸えるのはほんの一時《いっとき》のこと。発覚したとたん、何十年もかけて築いた信頼が一瞬で崩れ去ります。

いくら競争が厳しく、追い詰められた状況に陥っても、「自分に誇れる仕事をする」という意識だけは忘れてはいけません。

日本が世界第2位の経済大国に発展した背景には、働く人たちの心に「お天道様が見ている」という感覚があったからです。

そばで人が見ていなくても神様が見ていると思うから、たとえネジ一本締めるにしても絶対に手を抜かない。その結果、品質のいいメイド・イン・ジャパンが世界を席巻したのです。

東京都大田区のある町工場では、〝絞り〟という製法で宇宙ロケットの最先端部を加工しています。小さな金属加工会社で、最新鋭の工作設備はありますが、加工は主に職人の手作業。しかし技術は超一級で、30ミクロンという高精度を誇っているのです。この町工場が不況のさなかでも元気を失わないのは、妥協を許さない職人の姿勢が品質に表れているからです。

「こんなもんでいいか」か「そこまでやるか」か

売り上げが落ちて窮地に追い込まれたとき、ごまかしに走るか、逆に仕事の質を上げようと努力するか。ここで明暗は大きく分かれます。

「こんなもんでいいか」と妥協したら、この不況下ではすぐに淘汰される。

そうは言っても、どう頑張っていいかわからない人は、まず自分の給料を忘れることから始めてみてはどうでしょうか。

僕は原稿を書くとき、ギャラのことは一切考えません。「この雑誌は原稿料が安いから、この程度でいいか」などと思ったら、読者にたちまち見透かされてしまいます。力を抜いたら、読者はすぐに離れていく。原稿料がいくらであろうが、一文一文に魂を込める。それが僕の作家としての矜持《きょうじ》です。

こうした職業倫理は、サラリーマンにとっても大切です。報酬を意識しながら仕事をすると、「もう給料分は働いたから、このくらいで切り上げよう」という発想になりがちです。

ですから、いったん給料のことは脇に置き、目の前の仕事に全エネルギーを注いでみてください。

不況でみんなのテンションが下がっているいまは、むしろチャンスです。みんなが「給料分でいいか」という、そこそこの仕事で満足しているときに、「そこまでやるか！」と給料以上の働きをすれば、必ず評価されます。

実際、トップ営業マンやヒットメーカーと言われる人たちは、給料を度外視して「そこまでやるか！」と驚くほどの努力をしています。

それが水面下だからわからないだけです。水面から上の見える部分、つまり給料が50万円あったら、水面下ではその倍、100万円以上の努力をしている。見える部分だけを見て、うらやましがっていてはダメです。

「そこまでやるか！」

コレを合い言葉に、もうひと踏ん張りしてみませんか？

5 〝難しい仕事〟はあえて引き受ける

ノウハウはない、人手もない、資金もない……。ないない尽くしの中で、上司から「なんか儲かる事業を立ち上げろ」と命令されたら、どうしますか？　成功の可能性が見えない仕事、誰も引き受け手がない役目……。悩むところです。

断れるものなら断りたい。それが普通の人のホンネでしょう。実際、『断る力』（勝間和代著・文春新書）という本がベストセラーになったように、自分の利益にならない仕事を断ることで生産性を高めたいと思う気持ちはわかります。

が、断ることが本当に自分のためになるのか、もう一度よく考える必要があります。会社や上司の期待を無碍《むげ》にすれば、それだけで信頼を失います。条件が悪い仕事を断る人には、条件のいい仕事も回ってこない。それが会社というものです。

会社は、難しい仕事ほど優秀な人材の力を頼ります。ダメな社員は最初からアテにしません。だから、避けられないお鉢が回ってきたときは、ビジネスマンとしての真価が問われていると思ったほうがいい。

僕なら、たとえ心の中で「難しいな……」と思ったとしても、一瞬で切り換えます。むしろチャンスだと。

不利を承知で引き受けた場合、成功すれば当然、株は上がるし、失敗したとしても、信頼できる人物だという評価は揺るがないと思うからです。

誰もが「やめておけ」と言う仕事を引き受けた人

かつて日本ヒューレット・パッカードの社長だった樋口泰行さんは、ダイエーの再建という困難な仕事を投資ファンドから要請されました。周りからは「ダイエーだけはやめておけ」と忠告されましたが、悩んだ末に受諾。

ただでさえ難しい仕事でしたが、閉鎖予定の53店舗に自ら足を運んで閉鎖の理由を説明して回るなど、これまでダイエー経営陣が避けてきた汚れ役も積極的に買って出たそうです。

結果的に樋口さんは道半ばで退任しました。経営者としての評価は下がったと思いますか？　実際は、その逆です。困難から逃げない姿勢が高く評価され、退任後も引く手あまた。現在は日本マイクロソフト代表執行役社長に就任しています。

樋口さんのような経営者は多くはありませんが、自分のキャリアに傷がつく恐れがある仕事にも、果敢にチャレンジする。その姿勢が逆に自分のキャリアを築くことにつながるのです。

未知の分野の「手がかり」をどうやって見つけるか

覚悟を持って困難な仕事を引き受けたものの、条件が悪すぎて成功への道筋が見えないと言う人もいるでしょう。が、そこであきらめてはいけません。成功の糸口が見つからないのは、頭だけで解決しようとしているから。知恵がなければ、汗をかいて突破口を探せばいい。その手間を惜しんでいる限り、不可能はいつまでも不可能なままです。では、具体的にどうやって汗をかけばいいのか？

やってほしい作業は、過去の成功事例の洗い出しです。新規事業はゼロから構築するものだと考えがちですが、そんなことはありません。いま成功しているビジネスの多くは、既存のアイデアを取り込んで発展させているものがほとんど。他の業界のやり方を、自分の業界に応用したり、すでにあるAという方法とBという方法を組み合わせたり……。こう考えれば、これまでの自分の過去の成功体験や他業種の事例が参考になるはず。

最初は〝モノマネ〟でかまわない

その最たる例が、文具通信販売で急成長したアスクルです。アスクルは、もともと文具メーカーであるプラス株式会社の一事業部としてスタートしました。メーカーにとって不慣れな流通業への挑戦で、最初のスタッフは、たったの四人。不利な状況でも実現できる形態を模索した結果、たどり着いたのが、当時衣料品や日用品などで成功していたカタログ販売でした。

ところが、お客さんに直販するだけでは、親会社の直接の顧客である文具店と競合することになる。そこで文具店を代理店にして、共存共栄する新たなビジネスモデルを確立。いまや文具通販で独自の地位を築いた同社も、モノマネにオリジナルを重ねて成長したわけです。

既存のアイデアに、あと何センチ足してオリジナルにするのか。そこが発想力を問われる部分でしょう。発想力に自信がない？

ベースになるアイデアを探すのに、頭の良し悪しやセンスは関係ありません。このとき求められるのは、応用できる成功事例が見つかるまで探し続ける粘り強さです。まさに〝知恵がなければ汗をかけ〟です。

失敗する確率が高そうな仕事でも、このように過去の事例をヒントにすれば、きっと打開策が見つかるはず。

まずはそう信じて自分の体を動かすことが、最初の一歩。

もちろんビジネスですから、ベストを尽くしても失敗するケースはあるでしょう。しかし、それを恐れて逃げ回っていては、周りからの信頼を失うだけです。あえて火中の栗を拾う覚悟を持つ。どんな試練も必ず自分の糧になる。そう信じて、腹をくくれば道は拓けます。

6　不利な状況を逆手に取ってみる

街を颯爽《さっそう》と走るフェラーリを運転しているのは、どんな人だと思いますか。「きっとどこかのセレブに違いない」という先入観を持っているなら、考えを改めたほうがいいかもしれません。

フェラーリのオーナーの中には、年収300万円台の人もいるのです。

国道246号線沿いに「コーナーストーンズ」というフェラーリ専門店があります。たまたま愛犬の散歩コースの途中にあるので立ち寄るようになったのですが、じつはこの店は、フェラーリ愛好家たちの間でよく名を知られた人気店。開店2周年を迎えたばかりであるにもかかわらず、日本全国からお客が集まってきます。

フェラーリといえば、中古でも価格がなかなか下がらない高級スポーツカー。当然、お客のほとんどが医者や経営者などのお金持ちだと思っていました。ところが店内を観察していると、どうも様子が違う。見るからにリッチな身なりをした人もいますが、一方で、どこにでもいそうなサラリーマン風の人も少なくないのです。

「アパート暮らしでいいから、フェラーリに乗りたいという熱烈なお客様もたくさんいらっしゃるんですよ。それだけの魅力がある車ですから」

社長の話を聞いて、僕の「フェラーリのオーナー＝お金持ち」という固定観念は打ち砕かれました。と同時に、この店が人気店になった理由もわかりました。

一般的な高級外車ディーラーは、金持ちのお客に絞って商売をします。人並み以上の年収がないと高級車は買えないと決めつけているからです。しかし、コーナーストーンズの社長はそうした先入観にとらわれず、年収３００万円台の潜在的顧客層にも門戸を開き、ニーズを顕在化させた。これが、不況でも稼げる人の目のつけどころです。

売れない時代でも好調な商品の、うまい売り方とは

ビジネスの世界では、同様の事例が数多くあります。最近では、グリコの『ちょい食べカレー』。これは温め不要のスティックタイプのレトルトカレーで、お弁当用に人気の商品です。「レトルトカレーは温めるもの」という常識を覆しただけでもユニークですが、

さらに面白いのは陳列場所です。

この商品のターゲットは〝カレーを手軽に食べたい人〟。そうした人に買ってもらうために、〝ふりかけ売り場〟にも置いてあるのです。従来のカレーのルー置き場以外に、〝ご飯に何かかけて食べたい人〟にアピールすることで、新たなニーズの掘り起こしに成功したのです。

ビジネスマンにとって固定観念は大敵。視野を狭くさせ、新しいチャンスの芽を摘んでしまうからです。では、どうしたら新しい視点を持てるようになるのか。

いったんアタマの中のバケツをひっくり返してみる

僕は、未体験の物や情報、現象に出会ったとき、「ノー」ではなく、まず「イエス」から入ることを心がけています。人は未知のものに出会うと、否定的な反応を示して、これまで自分が積み重ねてきたものを守ろうとします。

しかし、最初から拒絶すると、新しいものに対して正しい評価を下せません。そこで一度、アタマの中のバケツをひっくり返して水をぜんぶ捨て、新しい水を入れてみるのです。

そのうえで、やはりおかしいと思ったら、否定すればいい。このプロセスを踏まずに「前例がない」「どうせムリ」と思っていると、いつまでたっても固定観念に縛られたままです。

２０１０年4月、東京都は、バンクーバー冬季パラリンピックのメダリストたちを東京都栄誉賞・都民スポーツ大賞に選出して表彰しました。その中の１人、アルペンスキーで二つの銅メダルを取った大日向邦子さんは、3歳のときに事故で右足を切断。高校生の頃、義足修理のために訪れたリハビリセンターで、チェアスキーを偶然見かけたことが、競技を始めたきっかけだったと言います。

メダリストになるために、大日向さんは人の何倍もの努力を重ねたことでしょう。ただ、ここで強調したいのはその点ではありません。リハビリセンターでチェアスキーを見かけた人は多かったはずです。そのとき、「障害者にスキーはできない」という先入観を持たず、素直に「あっ、面白そう」と思えたかどうか。その感性が大事なのです。

また、感性とともに重要なのが言葉の使い方。いくら「面白そう」と思っても、アタマでそれを打ち消しては、行動に移せないからです。

みなさんは、「35歳過ぎたら転職はムリ」「小さい会社だから大手に勝てない」といった言い方に慣れてしまっていませんか。それを「35歳だからこそできる転職もある」「小さい会社だからこそ勝てる分野がある」と言い換えてみてください。なんとなく、新しいものが見える気がするでしょう?

先入観を壊すには、言葉の使い方をプラスに変えるのも一つの方法。これがすべてのものごとに対してできるようになったら、しめたもの。目の前に広がる世界は、ガラリと変わるはずです。

あとがき

東京都は2008年から3年間にわたり、財政破綻した北海道夕張市に職員を派遣した。夕張の冬は長く厳しいが、財政難で雪かき費用も捻出できない。そこで他の自治体と連携してボランティアの雪かき隊を結成し、僕も参加して一緒に汗をかいた。

一人では、雪かきがいつまでたっても終わらない。そこにあるのは絶望だけだ。しかし、みんなで協力し合えば、雪はたちまち取り除かれる。人が集まることで、絶望が希望になるのだ。

希望は、自分とひたすら向き合う過程で生まれる。希望は孤独と背中合わせだ。ただ、人と人とのつながりの中で、希望がより力強く紡《つむ》がれていくこともある。

夕張に派遣されていた職員の鈴木直道君が、地元住民グループから要請を受けて、2011年4月の夕張市長選に立候補することになった。鈴木君はこの3月で30歳、本書の読者とそう変わらない若者だが、彼は安定した職を辞して立候補を決断した。そこには、たしかに希望がある。

青春新書としてまとめるにあたり、『ＢＩＧ　ｔｏｍｏｒｒｏｗ』編集部の金谷史子さん、村上敬さん、書籍編集の中野和彦さんにお世話になりました。ありがとう。

２０１１年１月

猪瀬直樹

青春新書
INTELLIGENCE

こころ涌き立つ「知」の冒険

いまを生きる

"青春新書"は昭和三一年に——若い日に常にあなたの心の友として、その糧となり実になる多様な知恵が、生きる指標として勇気と力になり、すぐに役立つ——をモットーに創刊された。

そして昭和三八年、新しい時代の気運の中で、新書"プレイブックス"にその役目のバトンを渡した。「人生を自由自在に活動《プレイ》する」のキャッチコピーのもと——すべてのうっ積を吹きとばし、自由闊達な活動力を培養し、勇気と自信を生み出す最も楽しいシリーズ——となった。

いまや、私たちはバブル経済崩壊後の混沌とした価値観のただ中にいる。その価値観は常に未曾有の変貌を見せ、社会は少子高齢化し、地球規模の環境問題等は解決の兆しを見せない。私たちはあらゆる不安と懐疑に対峙している。

本シリーズ"青春新書インテリジェンス"はまさに、この時代の欲求によってプレイブックスから分化・刊行された。それは即ち、「心の中に自らの青春の輝きを失わない旺盛な知力、活力への欲求」に他ならない。応えるべきキャッチコピーは「こころ涌き立つ"知"の冒険」である。

予測のつかない時代にあって、一人ひとりの足元を照らし出すシリーズでありたいと願う。青春出版社は本年創業五〇周年を迎えた。これはひとえに長年に亘る多くの読者の熱いご支持の賜物である。社員一同深く感謝し、より一層世の中に希望と勇気の明るい光を放つ書籍を出版すべく、鋭意志すものである。

平成一七年　　刊行者　小澤源太郎

著者紹介

猪瀬直樹〈いのせ　なおき〉

作家。1946年、長野県生まれ。日本の近代を主軸に、数々の話題作を著し、87年『ミカドの肖像』で第18回大宅壮一ノンフィクション賞、96年『日本国の研究』で文藝春秋読者賞をそれぞれ受賞。2002年、小泉政権下で、道路公団民営化推進委員を務め、道路公団の民営化を実現。06年10月、東京工業大学特任教授、07年6月には、東京都副知事に任命される。主な著書に『天皇の影法師』『昭和16年夏の敗戦』『ペルソナ　三島由紀夫伝』『ピカレスク　太宰治伝』『ジミーの誕生日』『東京の副知事になってみたら』など多数。

突破《とっぱ》する力《ちから》

青春新書
INTELLIGENCE

2011年2月15日　第1刷
2012年12月20日　第8刷

著　者　猪《いの》瀬《せ》直《なお》樹《き》

発行者　小澤源太郎

責任編集　株式会社プライム涌光

電話　編集部　03(3203)2850

発行所　東京都新宿区若松町12番1号 〒162-0056　株式会社青春出版社

電話　営業部　03(3207)1916　振替番号　00190-7-98602

印刷・中央精版印刷　製本・ナショナル製本

ISBN978-4-413-04306-9

こころ涌き立つ「知」の冒険!

青春新書 INTELLIGENCE

お願い ページわりの関係からここでは一部の既刊本しか掲載してありません。折り込みの出版案内もご参考にご覧ください。